異域搜查師 ④

超級外援

關景峰 著

U0108384

新雅文化事業有限公司
www.sunya.com.hk

這是 魔幻偵探所 五年後的世界……

　　由南森博士創辦的英國倫敦魔幻偵探所，把市內橫行的魔怪一一掃除。怎料，隱蔽在各個角落的異域卻出現了亂局。新任的幾位魔法警察經過多番偵查，收伏了多個邪惡的無臉魔後，得悉在背後操縱一切的是大無臉魔雷頓，而且雷頓極有可能藏身在亞伯丁……

人物簡介

海倫

年齡：17歲　　絕技：飛盾護體
前倫敦魔幻偵探所主任，臨危受命，被委任為魔法警察部的督察，來到失控的異域調查亂局源頭。

湯姆斯

年齡：20歲（外表12歲）　　絕技：暴風鐵拳
康沃爾郡魔法師聯合會的精英，被調派到魔法警察部當海倫的搭擋。但來到異域後因吃了過期變身藥，變成小孩後無法復原。

餓了

魔怪類型：魔刺蝟　　絕技：尖刺攻擊
懂得魔法和說人類語言的魔怪。被海倫從地下交易市場救出後，就跟着他們，最後被認可，並委任為警長。因為總是吃不飽，所以被叫作「餓了」。

目錄

第一章 渡頭的木屋

　　清晨的陽光，穿過明亮的玻璃屋頂，均勻地鋪灑在亞伯丁火車站的大廳裏。大廳裏一地的金黃色，溫暖又溫馨。

　　海倫和湯姆斯穿過大廳，向車站外走去，魔刺蝟「餓了」在湯姆斯的背包裏，也許又睡着了。兩個人的身邊，是來來往往但人數不多的旅客。

　　海倫和湯姆斯是從愛丁堡來的，他們幾乎坐了一晚夜車，不過到了亞伯丁後，他倆的精神狀態都很飽滿。他們為了找到無臉魔大魔頭——雷頓這個目標而來，所有的證據指向都證明雷頓就在這裏，也許……那個從站前街道匆匆走過的中年男子，胳膊下還夾着一份報紙，他是不是由雷頓變化的呢？

　　「亞伯丁，美麗的城市，我們來了。」湯姆

斯一走出大廳，就說道，他們此時站在車站大廳的門口，外面就是步行街道，再向前就是一條很寬闊的馬路。

「城市很美麗，但是沒人來接我們。」餓了的話從湯姆斯的背包裏傳出來，看來牠沒睡。

「你還等着有人給我們鋪紅地毯嗎？」湯姆斯說。

「那倒沒有。」餓了說道，「不過這裏的早餐，不知道由哪幾種食物構成？我餓了。」

「等等，餓了，先忙正事。」海倫說着從口袋裏掏出資訊球，「這個資訊球，是最高級魔怪之間的資訊傳遞工具，雖然無臉魔曾用它來矇騙我們，但是資訊球本身是真的，也被大無臉魔雷頓使用過。它有尋找主人的功能，所以應該能給我指一個雷頓在哪裏的基本方向。」

海倫說着，揮了揮手，他們一起來到車站的一側，那裏有個空地，沒有什麼人。

「如果它現在能自動去找主人，就會向雷頓

藏身的地方飛，不過使用了這麼長時間，資訊球沒有能量移動了，估計只能飛幾十米。」

「不管了，能飛個方向就行。」湯姆斯說。

「嗯。」海倫點點頭，「盯住它飛行的方向，我們就沿着這個方向去找雷頓。」

海倫向前走了幾米，看看周圍零星來往的人都沒有關注自己，就把資訊球直直地拋了起來。

「去找你的主人！」海倫仰望着直直地向上的資訊球，說道。

湯姆斯也盯着資訊球，他還有點緊張。他的後背，餓了從背包裏探出身子，雙手搭在湯姆斯的肩膀上，望着資訊球。

資訊球向上飛了七八米，在空中停住，隨即懸停，不上不下，這個時間大概有三秒鐘。資訊球突然向北飛行，速度不快，但方向明確。

海倫和湯姆斯連忙跟上，他們都很興奮，資訊球明顯就是去找自己的主人了。不過資訊球飛了不到二十米，速度就越來越慢，這樣慢的速度

承受不起自身的重量，最後掉了下來。

海倫伸手接住了資訊球，身邊一個經過的女士好奇地看了看海倫。海倫連忙拿着資訊球，走向一邊。

「是向北，絕對是向北面！」湯姆斯走過去，低聲說，他有些激動，「雷頓在北面，偏東大概七度。」

「嗯，資訊球沒能量動了，不過方向明確了。」海倫說，「我們沿着這個方向一直找下去，一定能找到雷頓。」

「再拋一次吧，我覺得資訊球還有一點點能量。」餓了說道，「我感覺是正北方向，沒有角度偏差。」

「我有儀器呀。」湯姆斯轉頭看着身後的餓了，他拿出手機晃了晃，「手機上有指南針，它測算出來的，正是向偏東北七度。」

「相信我，森林山谷裏沒有路標，更沒有指南針，我記着那些果樹、漿果灌木，很清楚

的。我的方位感很強大，因為記不清楚我就會挨餓。」餓了聲音加大，牠的理由似乎不容置疑。

「好了，好了。」湯姆斯不想和餓了爭辯，「海倫，那就再拋一次，我覺得資訊球還能再飛幾米。足夠了，我能算出準確方向。」

海倫點點頭，的確，如果方向有偏差，那麼只要走出幾百米，這種偏差就會越來越大了，甚至完全偏離方向，那就找不到雷頓了。

海倫拿着資訊球向前走了兩米，再把它用力拋上天空。資訊球飛到天空後，又懸停了三秒，這次，資訊球突然向西飛去。

「完全不對呀！」湯姆斯急得喊了起來。

資訊球向西飛了不到十米，直直地落了下來，海倫立即伸手接住它。湯姆斯追了上來。

「這是怎麼回事？」湯姆斯問道。

「不用測算了，這次完全不一樣，難道北面有一個雷頓，西面還有另一個雷頓？」餓了喊道。

海倫拿着資訊球，非常疑惑地看了又看。她在想原因，但是資訊球是完好的，她一時也想不到是哪裏出了問題。

海倫站在原地，把資訊球又拋上了天空。這次，資訊球飛上去幾米後，懸停時間極短，隨後就飛向了南面，飛了不到五米，又落了下來。

海倫接住資訊球，傻傻地站在那裏。

「這是要颳龍捲風呀，這飛行方向在轉圈嗎？」餓了毫不掩飾自己的迷惑，喊了起來。

「嗨，餓了，説話別那麼刻薄」。湯姆斯提醒地説道。

湯姆斯走到海倫身邊，看着海倫，搖了搖頭，他的意思很明確——這個辦法不行。

氣氛尷尬並有些沉悶，海倫滿懷希望的尋找方式，出現了嚴重的問題。

「嗨，難道我們沒有在資訊球上留言？」餓了突然想到一個問題，「資訊球就亂飛。」

「和留言沒關係。」海倫説，「算了，原因

我們再找，關鍵是目前我們要找其他方式了，我們必須找到雷頓。」

「其他方式也有呀，去亞伯丁的異域——橡樹鎮，那裏住的都是魔怪和巫師，其他地方的人未必知道雷頓在哪裏，可是他們跟雷頓都在亞伯丁這個區域，怎麼也知道一些雷頓的情況吧？」

「那就去橡樹鎮。」海倫點點頭，「那個鎮在斯肯內湖的橡樹島上。」

「喂，我說，在我們划船去之前，先把肚子填飽。」餓了建議地說。

亞伯丁的西北，人跡罕至的山林之中，有一個大湖，叫斯肯內湖。湖中心有一個島，就是橡樹島。橡樹島上有個橡樹鎮，就是亞伯丁的異域地區。這個橡樹鎮，和其他的異域小鎮一樣，現在也是亂作一團。在前來的路上，諾恩警司把這些全都和海倫他們說了。

海倫和湯姆斯，順從着餓了的建議，找到一家速食店，吃了早餐。他們還準備了午餐帶在路

上，因為一會他們就要進入山區林地了，那裏可沒有任何餐廳和飯店。

　　吃好了早餐，海倫看了看地圖，他們叫了一輛計程車，從火車站一路向西，到了埃里克小鎮後下車，他們就能從那裏進入山林地帶了。

　　橡樹鎮亂哄哄的，前往那裏，可能打探到雷頓的蛛絲馬跡，但也有可能毫無收穫。海倫和湯姆斯都充滿憂慮，但是這似乎是唯一的方法了。

　　他們在埃里克小鎮最西面下車，不遠處，清晰可見就是一片片茂密的山林，這裏的山倒是不高，但林中樹木似乎密不透風，包裹着什麼秘密。

　　「餓了，餓了？」計程車開走後，湯姆斯説道，他估計餓了吃飽後就睡着了，「別睡了，下來走吧，我們要去橡樹鎮了。」

　　「真囉嗦，我正是發育長高的時候，就不能讓我多睡一會嗎？」餓了的聲音從背包裏傳來。

　　雖然表達着不滿，但是餓了還是從背包裏爬

12

了出來。牠跳到地面上，看着四周的山林，伸了伸懶腰。

「走吧。」海倫簡單地說，她看了看手機上的導航地圖，「我們要走一會了。」

沒幾分鐘，他們就走進了山林，裏面非常寂靜，連鳥鳴聲都聽不見。海倫和湯姆斯心事重重的，都沒有怎麼說話，只有餓了一直喋喋不休。

「唔……噢，這裏和我們那裏差遠了，沒有生活氣息。噢，這裏的樹林都是那麼冷漠，我們那裏的樹木是會向人招手的。」

「你確定那不是風吹的？」湯姆斯問道。

「噢，隨便你怎麼認為吧。」餓了聳聳肩，「我總覺得我們那裏的樹木就是在向我招手，請我去它家吃飯。」

一路上，海倫和湯姆斯就是這樣聽着餓了的傾訴，他們在山林中穿行了一小時，越過幾棵大樹後，眼前一片豁然開朗，一個巨大無比的湖面，呈現出來。

這裏就是斯肯內湖了，遠遠的望過去，在湖的中心，有一個島嶼，那就是橡樹島。此時，也許是因為天氣比較陰冷的關係，湖面傳來陣陣寒氣。湖面之上，有幾隻水鳥略過，不知道牠們今天收穫如何，到底抓住了幾條魚。

「到了，到了！」餓了興奮地叫起來，「來吧，你們是游泳，還是飛過去？要飛過去可要耗費不少魔力呀，這可比我們家鄉的那條河面寬多了！」

海倫其實也在想着怎樣過河，她四處張望，希望能找到一條小船，或者是一根圓木。飛過去確實耗費魔力，這個她當然知道。

「看那邊，好像有個渡頭呀，有一條船！」湯姆斯突然喊了起來，他也一直在找渡河的方式。

順着湯姆斯手指的方向，在大家的右側，很遠處的確依稀可見一個不長的棧橋，棧橋盡頭，有一條小船。而在岸邊，似乎還有一座小房子。

　　大家不約而同地一起向那邊走去，他們都感到很奇怪，在這人跡罕至的地方，居然有這樣一個設施。而且，當他們越走越近之後發現，一切設施都是完好的，無論是棧橋還是那條船，看上去很新，應該是一直有人保養的。

　　很快，他們來到棧橋那裏，棧橋大概有三十米，筆直地伸向湖面，那條船被拴在棧橋頂端的木樁上，居然還加了一把鎖。

　　「這裏好像有人。」海倫看看四周，說道。

　　海倫走向那所小房子，確切地說，那是一所小木屋。海倫站在木屋門前，敲了敲門。

　　「有人嗎？」

第一章 橡樹島的岸邊

　　木屋裏沒有人說話，但是傳來一些聲響，很快，門打開了，一個高高瘦瘦的中年男子，站在門口，他看着海倫，目光給人的感覺，似乎不是那麼友好。

　　「你好，我們想到橡樹鎮去，請問船是你的嗎？」海倫問道。

　　「不是我的，難道是你的？」男子反問道。

　　「啊，不是。」海倫連忙說，「我們想坐船過去，看上去這裏是個渡頭。」

　　「嗯，這裏就是渡頭，我是擺渡人。」男子說道，「成年人一百鎊，兒童八十鎊。」

　　「是運載費嗎？這麼貴？」湯姆斯吃驚地

問，「我在倫敦坐遊船才十鎊。」

「那你就和你姐姐去倫敦坐遊船吧！」男子毫不客氣地說，「我這裏就是這個價格。倫敦的遊船每天多少人乘？我這裏每個月才幾個人乘，他們是薄利多銷，我不行，就是這個價格。」

海倫望了望很遠的橡樹島，如果飛過去，那真的要耗費大量魔力，這些魔力，他們要留着，對付島上正在犯罪的魔怪呢。

「好吧。」海倫不想討價還價了，她有要緊的事要辦呢，不過她指了指湯姆斯，「他是按照兒童收費吧？」

「當然。」男子點點頭，「不過你要是肯出成年人的錢，我也不介意。」

「那牠呢？」海倫指了指餓了，「牠是一隻刺蝟。」

「你多大年齡？」男子看着餓了，問道。

「兩歲半。」餓了說。

「按照人類的年紀，你就是二十多歲了，成

年人，一百鎊。」男子的腦筋明顯轉得飛快。

「噢，你可真精明呀，我還以為你按照兒童價格收費呢！」餓了明顯不滿意地説。

「先付錢，我再送你們過去。」男子根本就不理睬餓了，他看着海倫，「我的船是快艇，十多分鐘你們就能上島了。」

海倫點點頭，掏出了錢包。海倫來的時候，帶的活動經費可是不少，諾恩警司還給了她信用卡。現在的海倫可是非常富有的。

海倫的錢包裏，有厚厚的一疊五十英鎊大鈔，這些現金她都沒有怎麼花，一直在用信用卡付賬。海倫找出兩百八十鎊，遞給了男子。

「嗯，錢可不少呀。」男子看見了海倫錢包裏的錢，笑了笑，「我説，你們到橡樹島上去幹什麼？那裏最近可不太平呀。」

「我們去找人。」海倫説，「橡樹島上很亂嗎？」

「你們自己去看看吧。」男子説，「我也不

住在島上。」

男子滿意地把錢放進自己的口袋，揮揮手，帶着海倫他們向小船走去。他們走上了棧橋，男子把拴住小船繩子的鎖打開，小船緊靠着棧橋。

男子上了小船後，海倫抓起餓了跳上了船，湯姆斯也跟着上了船。

「歡迎登上橡樹號，我們這就開船。」男子說道，自從他收了錢以後，語氣現在溫柔了很多。

「請問你怎麼稱呼？」海倫忽然問道，「我叫海倫，這是我的伙伴湯姆斯，還有餓了，餓了是牠的名字，不是牠餓了。」

「她不是我姐姐。」湯姆斯在一邊解釋說。

「查克，我叫查克。」那男子說，「很高興認識你們，和你們的錢。」

查克已經走到了船尾，這是一艘快艇，馬達在船尾。查克啟動了馬達，行船的方向他在船尾也能控制。馬達啟動後，船飛快地就竄了出去。

「這種迎風破浪的感覺我喜歡。」餓了站在船頭，望着遠處的橡樹島，高興地說。

快艇飛速前進，前面的橡樹島越來越清楚了。橡樹島上，有一股濃煙升起，遠看像是一股細線，但是濃煙無誤。

「海倫，你看見了嗎？」湯姆斯問道，「橡樹島上是着火了嗎？」

「好像是呀。」海倫也看到了那股濃煙，她說道。

「真是夠亂的。」餓了說道。

突然，快艇的速度降了下來，這個區域正好在島嶼和岸邊棧橋一半的位置，海倫很是奇怪，回頭看了看查克。

「噢，馬達動力不足了？」查克看看海倫，說道，他明白海倫在想什麼。

查克隨即看看發動機，這時，快艇的速度完全降下來，幾乎停止了前進。查克站了起來，雙手扶着馬達。

忽然，查克猛地跳向船尾的左邊，同時發力，快艇的艇身猛地歪斜，幾乎呈九十度角。快艇裏的海倫他們猝不及防，全都落到了水裏。

海倫和湯姆斯落水後，沉了下去，餓了在水中翻身，努力地把頭露出來。這時，快艇的艇身正了過來，查克扶着馬達，洋洋自得。

「小小年紀有那麼多錢，一會就全是我的了！」查克獰笑着，説道。

海倫和湯姆斯被拋進水裏後，先下沉，他們知道自己遇到了偷襲，下沉幾米後，雙腳發力一蹬，兩人雙雙躍出水面，身體騰空飛了起來。

「啊？」查克看到這一幕，愣住了。

海倫和湯姆斯起飛了五、六米，隨後一起落在船上。查克猛撲上去，一拳打向湯姆斯。湯姆斯一閃，躲過了攻擊，隨即還給他一拳，打在查克的腰上。查克怪叫一聲，差點掉進水裏。

海倫衝過來，一把抓住了查克，查克轉身就是一拳，海倫一擋，隨後一拳打在他胸口，查克

這次是一聲慘叫。

眼看打不過兩人，查克縱身一躍，跳進水中，落水後的查克立即變成了一條大魚，向水下游去。忽然，查克在水下發出慘叫，並且躍出水面，餓了也跟着躍出水面，原來餓了的刺正插在大魚背上。剛才查克已落水，在水中游泳的餓了就插上去。

湯姆斯縱身一躍，對着半空中的大魚就是一掌，大魚的頭部被打中，當即落在水裏，不過沒有下沉，而是漂浮在水面上。餓了的刺也和魚身脫開，大魚的身體也恢復成了查克。

海倫和湯姆斯把查克拉上了快艇，餓了在水裏游來遊去，刺蝟可是會游泳的。

查克被湯姆斯打暈後，此時微微蘇醒了。湯姆斯一下就把游泳中的餓了抓住，放在快艇上。

「我想再游一會，這是健身啊。」餓了不滿意地說，「只是水有點涼。」

「餓了，別鬧了，盯着這傢伙，他醒了。」

湯姆斯説。

　　這時，查克醒了，他大口地咳嗽起來，吐出了一些水。海倫抓住查克的衣領，隨後，拿出自己的警官證件。

　　「魔法警察。」海倫説，「看清了嗎？」

　　「警察？異域小鎮沒有警察呀，警察也不來這裏，這裏歸魔法師聯合會看管呀。」查克居然疑惑起來。

　　「魔法！魔法警察──」湯姆斯喊道，「不是普通警察，我們是魔法警察。你剛才看什麼的，證件都要貼到你臉上了！」

　　「所以我看不清呀！」查克委屈地説。

　　「為什麼害我們？説！」海倫大聲地質問，「看出我們是魔法警察了？」

　　「對不起，我……」查克害怕地説，「我沒想到你們這麼能打……」

　　「我問你為什麼把我們掀到水裏去，你這是在謀殺！」海倫喊道。

「我……我看到你很有錢，就想害了你們，把錢搞到手。我錯了……」

「如果我們沒什麼本事，你就得逞了。」海倫繼續問，「說吧，你用這個招數，害了多少乘客？」

「沒有，絕對沒有！你們是第一個。」查克著急了，「反正橡樹鎮也亂了，沒有法律了，沒有秩序了，我就想搞一筆錢。我以前可是很規矩的。」

「你這身手，又會魔法，你以前是個巫師？」湯姆斯在一邊問道。

「我只是小小的巫師，沒怎麼害過人，已改邪歸正了。」查克連忙說，「魔法師聯合會就安排我在這裏當擺渡人。」

「現在又『改正歸邪』了。」餓了不失時機地說。

「把他帶到橡樹鎮，交給鎮上的魔法師聯合會。」海倫看看大家，「讓他在這裏當擺渡人，

今後還會有人遇害的。」

「魔法師聯合會？」查克晃晃腦袋，「還能不能存在都是問題。」

「你説什麼？」海倫問道。

「你們自己去看看吧。」查克説，「去了你們就知道了。」

湯姆斯在快艇的工具倉裏翻出來一根繩子，把查克捆住。隨後走到快艇尾部，他啟動了馬達，快艇繼續向橡樹島那邊駛去。

前面，橡樹島越來越清晰了，島上冒出煙霧的地方，現在可以看清楚了，共有兩處，只不過有一處很大。看來島上的形勢的確很壞。

橡樹島的岸邊，也有一處渡頭。渡頭的棧橋伸向水中，像是在向海倫他們招手。湯姆斯駕船向渡頭駛去。忽然，渡頭後的樹林裏，一個人瘋狂地向渡頭跑來，後面，更有兩個人緊接着追了出來。

逃跑的人體型較胖，很明顯跑不動了，後面

兩個人追上來，飛起一腳，把
逃跑的胖子踢倒在地。胖子從
地上爬起來，揮拳打向追趕的
人，趁他們閃身的時候就
拔腳逃跑。胖子看見了海
倫他們的快艇，飛快地跑
上了棧橋。

　海倫他們停在棧橋旁
邊，飛身上岸，那胖子快
步跑來，縱身一躍，跳上了快艇。兩個追趕的人
也想跳上快艇，但分別被海倫和湯姆斯攔住，四
個人頓時打在一起。

　「轟——轟——」快艇發出巨大聲響，原
來跳上船的胖子啟動了馬達，駕駛快艇急速向海
上駛去。查克被捆着，快艇把他也帶走了，海倫
他們和兩個追兵打鬥，根本也顧不上查克了。

　餓了也跳上了棧橋，牠飛身躍起，用身上
的刺猛插正在跟湯姆斯交手的一個年輕人。那人

金色頭髮，個子很高。

「啊——」金髮年輕人被餓了插中，痛苦地叫起來，「小巫師還有刺蝟魔怪幫手——」

「我不是巫師——」湯姆斯連續猛攻，「我也不小——」

「小巫師還不承認，我們魔法師早晚把你們抓住——」金髮年輕人大喊。

「還敢冒充魔法師，我們才是魔法師！」湯姆斯揮拳打向那年輕人，那人用手一擋，反手又是一拳。

「等等，等等——」海倫和對面的一個中年人打在一起，她聽到了湯姆斯和金髮年輕人的對話，身體往後一跳，停止了攻擊。

湯姆斯也停止了攻擊，看着對面的兩個人。

「你說你們是魔法師？」海倫看看年輕人，又看看中年人。

第三章

柯特與多米尼

「橡樹鎮駐鎮魔法師聯合會的魔法師，我是柯特；他是多米尼。魔法師聯合會官網上有我們的簡介和照片。」中年人叫柯特，「怎麼了？」

「啊呀，我們是倫敦警察廳魔法警察部的督察──海倫和湯姆斯，還有……」海倫語速飛快地說。

「餓了，我叫餓了，我也餓了。」餓了立即接過話，「我是警長，最新入職的……」

「我聽說過，倫敦警察廳成立了魔法警察部。」柯特說，「可是你們為什麼幫助赫曼呢？他是個壞巫師呀。」

「你説赫曼？是不是剛才逃走了的那個胖子？」海倫問道。

「是，就是他。」金髮年輕人多米尼説，「早上，他放火燒了橡樹鎮魔怪看押所，五六個巫師和魔怪趁機跑了，他還燒了鎮上的糧庫。不過現在他跑了，拜你們所賜，你們可真厲害。」

「我們不知道他是巫師呀，我們就看到你們兩個在追殺他。」湯姆斯有些尷尬地説。

「是誰規定的？逃跑的人一定就是好人，追捕的人就是壞人，你電視劇看太多了吧？」多米尼沒好氣地説。

「我們搞錯了，我們真的不知道。」海倫懊惱地説，「對不起，真對不起。」

「對不起有什麼用？」多米尼説，「我

們好不容易鎖定了赫曼，抓住他就能找到令橡樹鎮陷入混亂的根源，有可能就找到大無臉魔雷頓呢，現在又沒機會了。」

「你們也在抓雷頓嗎？」海倫興奮地問。

「這一切都和雷頓有關，但是橡樹鎮的混亂不是由雷頓直接製造的，它不會直接出馬。這點我們可是有線報的，也有我們的判斷。」柯特說，「這個鎮的混亂，是由小無臉魔製造的，找到小無臉魔，不就能找到雷頓了嗎？」

「噢，明白了。」餓了比畫着說，「是不是這樣？抓住剛才那個巫師赫曼，就能找到小無臉魔；找到小無臉魔，就能找到雷頓。」

「對，就是這樣。」柯特點點頭。

「這是我們的會長，柯特會長。」多米尼向大家介紹說。

「會長先生，你好。」海倫帶着歉意說，「我們剛來，就給你們添麻煩了，不過……即使是抓住小無臉魔，找到雷頓也是困難的。據我們

了解，雷頓和手下的小無臉魔不直接聯繫，它們中間還有個連絡人。」

「噢，是嗎？」柯特想了想，「那問題確實很複雜。」

「赫曼都跑了。」多米尼無精打采地說，「還是先找到赫曼再說吧。」

水面上，那輛快艇早就跑遠了。海倫告訴兩個魔法師，渡頭擺渡人查克也不是好人，他剛才在快艇上試圖謀財害命，現在和赫曼一起跑了，兩人有可能勾結起來。

柯特很是感歎，橡樹鎮亂了秩序，原本就有犯罪前科的魔怪、巫師，全都按捺不住了。

小鎮是兩周前開始陷入混亂的，先是接連幾家銀行被搶，隨即魔法師們就被攻擊，小鎮目前搶劫盛行，殺人案也接連發生，鎮長此時也身負重傷，差點死去，現在在醫院休養。駐鎮魔法師一共就五人，目前兩人重傷休息，一人在聯合會苦守着，另外就是柯特和多米尼。兩人早上得

到線報，說赫曼跟那些趁火打劫的小賊不同，他是直接聽命於一名小無臉魔的兇手，早上的兩把火都是他放的。柯特和多米尼前往赫曼的住處抓他，沒想到赫曼出門時，正好遇見兩人，但赫曼很狡猾，他知道兩人是魔法師後，轉身就跑。兩人緊追，差點就抓到赫曼，但被海倫他們無意中放走了。

　　眼看着赫曼已經逃走，而且不知道逃到什麼地方去了，海倫他們決定跟着柯特和多米尼先到鎮上去，他們來這裏的目的，也是向當地人了解雷頓的線索。赫曼跑了，但是柯特說這些天他們抓了十幾個作案的魔怪和巫師，一半關在魔法師聯合會，由一個退休魔法師看押；另一半關在鎮上的魔怪看押所，也由一個退休魔法師看押。今天上午就是看押所被縱火，好幾個魔怪和巫師趁機跑了。現在看押所被破壞，剩下的魔怪都送到聯合會關押，所以現在聯合會還有兩個退休魔法師，在看押那些魔怪和巫師。

海倫覺得被關押的這些魔怪和巫師，也許了解雷頓的行蹤，所以要求審訊這些傢伙，柯特會長覺得希望不大，目前他們只知道赫曼聽命於小無臉魔。這個還不知道名字的小無臉魔被雷頓操控，其餘那些魔怪和巫師應該都是趁火打劫之徒。

他們邊走邊說着話，很快，一座城鎮就出現在海倫眼前，橡樹島上的橡樹鎮面積不小，基本上覆蓋了橡樹島。

大家踏上了小鎮的街道，柯特說向前走十多分鐘，就能到達魔法師聯合會。

前面，有一所房子，一個人突然從房子裏跑出來，手裏抓着一個提包。

「抓住他呀——」一個女子從房子裏追出來，「搶我家東西呀——」

海倫和湯姆斯愣了一下，湯姆斯看看海倫。

「要不要追？該追誰？」湯姆斯問。

「人家都說了，自己被搶了。」多米尼說，

「抓呀——」

「我是怕又弄錯了。」湯姆斯連忙說。

多米尼和柯特已經追了出去，海倫跟上，湯姆斯無奈也追了出去。

「我就不追了，我倒不是因為怕抓錯。」餓了站在原地，自言自語，「兩個魔法師、兩個魔法警察，抓一個小壞蛋，他的待遇倒是很高呀。」

果然，如同餓了的判斷一樣，不到一分鐘，四個人就追上了搶東西的人，那人一反抗，就被多米尼制服了。被搶的那個女子，也跑了過來，連連致謝。

「他是到你家裏搶東西嗎？」柯特問那女子，「搶了什麼？」

「是闖進我家搶東西呀！他搶了我的黃金首飾，還有珠寶。」女子說道，「這些日子真是亂七八糟，大白天就有人衝進別人家搶東西了。」

多米尼從提包裏翻出黃金首飾和珠寶，還給

了那個女子。搶東西的人低着頭，樣子好像還不服氣。

「你叫什麼？」柯特問搶東西的人。

「喬森。」那人説。

「給他記錄一次搶劫。」柯特看看多米尼，然後指着喬森，「下次再敢搶劫，被我們抓住，把你送到亞伯丁去關起來。走吧！」

喬森看看柯特，扭了扭脖子，走了。

「這、這……」海倫大吃一驚，「他是入室搶劫，這就放走了嗎？」

「不放走，你來建立個監獄？」多米尼冷冷地説，「看押所被破壞了，剩下的幾個魔怪被關到聯合會了，聯合會本來最多關三個人，現在已關十三個了。」

「也沒有人手看押呀，現在那裏只有一個魔法師和兩個退休魔法師，隨時還要出外調查。」柯特接過話説，「這種犯罪，現在都算是輕微的了。關着的那些，很多都是殺人兇手。」

　　海倫沒話說了，她和湯姆斯相互看了看。

　　「柯特先生，你們也不要着急。」海倫安慰地說，「我和總部的諾恩警司通過話，他知道目前各個異域小鎮的情況。在找雷頓的同時，現在也向各個小鎮派出魔法警察了。」

　　「嗯，知道，你們不就是嗎？」柯特點了點頭，「就是只有兩個，還一大一小。」

　　「我不是小孩，我不小心把自己變小了，我早晚會變回來的！」湯姆斯不高興地說。

　　「嗨，別把我忘了，我也是魔法警察，我正式入職了。」餓了跟着喊道。

　　多米尼在一邊，聽到這些話，聳了聳肩，表情有些不屑。

　　這個案件算是處理完了，他們繼續向魔法師聯合會走去。走了一會，一幢獨立的兩層樓房出現在大家面前，樓房的房頂上，有個人端着一個魔銃，站在樓頂，他看到柯特，很是興奮地揮手。

「會長——會長——」

「萊斯利——情況怎麼樣——」柯特也揮揮手，並大聲問道。

「暫時還好——」萊斯利回答道。

大家進了聯合會，裏面空蕩蕩的。兩個退休的魔法師——切克和巴爾，守在地牢一層的魔怪牢房，裏面被關押的魔怪大呼小叫的。

「放我回去——放我出去——」一個聲音非常大，從魔怪牢房傳出來，「魔法師們，你們不能這樣關着我——」

「又是這個四手怪，它叫賀瑞斯，就它叫得兇。」柯特看看海倫，「我們抓到的一個魔怪，有四隻手，是個狠角色。」

海倫點點頭。他們去了柯特的辦公室，喝了點水，海倫其實很着急工作，她找着柯特。

「會長先生，我想現在就審訊被抓到的魔怪，你覺得誰最有可能和無臉魔有聯絡？」

「大都像是趁火打劫的，我們也沒有進一

步的審問，因為實在沒時間，也沒人手。如你一定要審問，就是剛才那個叫得最兇的賀瑞斯稍微有些可能，前幾天還重傷了鎮長。它攻擊鎮長，不像是為了錢財，而是要製造混亂。」柯特想了想，說道，「也許它和無臉魔有聯繫。」

「那就先審問這個賀瑞斯。」海倫點點頭。

柯特給海倫他們找了一個房間，作為審訊室。海倫和湯姆斯、餓了坐在裏面，沒一會，多米尼押着一個長頭髮男子走了進來，它就是賀瑞斯，大概三十多歲，戴着一副手銬。賀瑞斯的左右手的手腕，比正常人多長出一隻手。從它的外形看，不像是魔怪，只是長着四隻手的人類。

多米尼讓賀瑞斯坐在椅子上，隨後走了出去。海倫看着賀瑞斯，它的眼神飄忽，不想和海倫對視。

「賀瑞斯，你知道自己的罪行吧？故意殺人未遂，你想在監獄住一輩子吧？」海倫開口，直接問道。

「就魔法師聯合會這個小監獄，連看守的都是退休老頭，還想把我關一輩子？笑話！」賀瑞斯嘲弄地說。

「送你去亞伯丁關押，或者去倫敦關押！」湯姆斯拍了一下桌子，大聲地說。

「這小子，被抓了還這麼倡狂！」餓了很是生氣，牠縮成一個團，突然跳起來，「我插——」

餓了騰空，飛過去刺中賀瑞斯，賀瑞斯慘叫一聲。

「餓了，不能這樣。」海倫立即站起來，把落地的餓了抓住，放到了桌子上。

「氣死我了，這麼囂張！」餓了憤憤不平地說。

賀瑞斯痛苦地扭着身子，它偷偷看了看餓了，餓了還在瞪着它，賀瑞斯嚇得連忙低下頭。

關鍵人物

查克

曾是巫師，被魔法師聯合會安排當擺渡人，負責載人由亞伯丁的山林到湖中的橡樹島。但他貪財成性，只是裝作改邪歸正，卻會為了錢財而害人。

柯特

橡樹鎮魔法師聯合會會長。正在追查鎮中的混亂情況，探求一度改過的壞巫師和壞魔怪為何會再度犯案。幸好調查開始有點眉目。

多米尼

年輕魔法師，卻是橡樹鎮魔法師聯合會中緊絀人手之下的重要成員。他做事勤快而有效率，但對待別人的態度有點冷漠而且不客氣。

關鍵證物

橡樹號

查克的專用快艇，用作運送乘客到橡樹島。可以乘載三四人，操作成本不高，但查克卻會收取極高的運載費。

第四章

海龜怪

「賀瑞斯，我們沒時間和你在這裏囉嗦。你說！別人都是趁火打劫，你為什麼想殺死鎮長？你得到了無臉魔的指令？」海倫大聲地問。

「我、我不認識無臉魔呀，都是赫曼指使我的……」

「你認識赫曼？」海倫連忙問。

「以前不怎麼認識，最近鎮上亂了，就是這個赫曼搞的，他才和無臉魔有聯繫呢！」賀瑞斯說，「赫曼找到我，指使我殺掉鎮長。本來我就和鎮長有仇，這事大家都知道，我也覺得我要是殺了鎮長，也沒什麼人能顧上我……」

「你和鎮長有什麼仇？」湯姆斯指着賀瑞斯說。

「對，有什麼仇？」餓了說着在桌子上跳了兩下，像是又要躍出一樣。

「我說，我說！我就隨隨便便借點小錢，鎮長就讓魔法師聯合會關了我十年，關在亞伯丁的監獄裏。」看得出來，賀瑞斯很害怕餓了又插它，連忙說道。

「借錢就關這麼長時間？」海倫和湯姆斯先是互相看看，「你怎麼隨隨便便借錢的？」

「就是……我去銀行借錢，他們非常吝嗇，就是不肯借給我，我就有點不高興，拿了點錢走了。雖然我沒在那家銀行開户，但是以後會去開户的，也會還錢。」賀瑞斯眨眨眼睛，說道。

「等等……」湯姆斯擺擺手，「你說的這是……搶劫銀行吧？」

「嗯，是有某些人稱這種行為叫作搶劫銀行……」賀瑞斯聳了聳肩，說道。

「你搶劫銀行還這麼理直氣壯？」海倫很憤怒，怒斥賀瑞斯。

「我的行為的確有些地方可能不妥當，可不能就因為這個，關了我十年呀！我不就是逃走的時候順便把銀行經理打傷了嘛。」賀瑞斯似乎還是不服氣，「鎮長堅持把我送到亞伯丁監獄關起來，這點事在橡樹鎮魔法師聯合會裏關上三天就差不多了。」

「氣死我了，我插——」餓了大叫一聲，又要跳起來去刺賀瑞斯。

「啊——」賀瑞斯驚叫起來。

海倫擋住了餓了，沒讓他再跳過去。

「你因此就記恨上了鎮長？」湯姆斯問。

「是，我剛放回來半年，發現這次是個機會。」賀瑞斯點點頭，「加上赫曼來挑撥我，這都要怪赫曼……」

「你以前是個魔怪？」海倫問。

「算是吧，不過我被解除了魔力，現在基本沒剩下什麼，只有一點點魔力了。」賀瑞斯說，「我要是還像以前那樣，鎮長就不是受傷了，他

早就……」

「早就什麼？」海倫瞪着賀瑞斯，問道。

「我錯了，我錯了。」賀瑞斯連連説，「我今後再也不去攻擊鎮長了……」

「還今後？你在監獄裏住一輩子吧！」湯姆斯激動地比畫着説。

賀瑞斯被帶走了。海倫他們什麼有價值的線索都沒有獲得，赫曼是擾亂橡樹鎮的幕後指使人，這些都是已知資訊，而且赫曼已經跑了。大家都覺得賀瑞斯交代的話應該是真的。

海倫在房間裏，想着該如何展開下一步，繼續去詢問那些被抓住的魔怪和巫師，可能依舊沒什麼收穫。湯姆斯和餓了在一邊坐着，餓了也提了一個建議，湯姆斯立即反駁起來，他倆因此展開了爭論。

海倫忽然站了起來，湯姆斯和餓了全都停止了爭論，齊刷刷地看着海倫。

「線索好像就在我們手上，不過我們都沒有

用呀。」海倫看看他倆，說道，「走吧，去找柯特會長。」

他們出了房間，去柯特的辦公室，沒想到柯特和多米尼匆匆地從外面走來，就在海倫他們審問賀瑞斯的時候，柯特和多米尼又出外調查了。

「有人在搶劫金店，我們去晚了，搶劫的人早就跑了。」柯特看到海倫，無可奈何地說，「哎，這樣的日子什麼時候才結束呀！」

「抓住無臉魔，找到根源，就能結束。」海倫說，「會長先生，你說過，你得到線報，說赫曼和無臉魔有勾結，那麼這個線人是誰？我們要是直接找到提供線報的本人，能不能知道赫曼的去向？」

「這個……倒是可以和你們說。」柯特說道，「我們也想過去問問這個線人，可是麗妮太太……啊，就是那個線人，她就是赫曼的房東，她僅僅知道赫曼和無臉魔有聯繫。」

「是房東嗎？」海倫似乎很興奮，「那請你

馬上帶我們去找她！」

「可以。」柯特說，「麗妮太太今年一百五十歲了，她……是一隻海龜怪。」

一小時後。

海倫他們坐在麗妮太太的客廳，而這個房子的二樓，就是赫曼的房間。麗妮太太獨居，她長着人形，但是後背仍有一個大大的龜殼。

柯特向麗妮太太介紹了海倫他們，她很和藹、客氣。

「麗妮太太，我們想全面了解赫曼。」海倫坐在一張椅子上，對面坐在躺椅上的麗妮太太，「首先，赫曼和無臉魔勾結的事，你是怎麼知道的？難道無臉魔到你家來找赫曼了嗎？」

「那倒沒有。」麗妮太太笑了笑，「你也看到了，我以前是一隻海龜，後來有了那麼一點魔法，就一直在橡樹鎮生活。我喜歡在水裏游來遊去，很舒服。前些天，我在家後面樹林裏的小河游泳，聽到岸上有人說話，說的是如何搞亂這個小鎮、趕走魔法師聯合會。我在水裏也能看到岸上的情況，我看了看，一個是無臉魔，我知道這種魔怪；另外一個，就是我的好房客赫曼。」

「具體都説了什麼？」海倫關注地問。

「聽不太清，就是無臉魔下指令，説小鎮還是不夠亂，赫曼説他能聯繫那些魔怪和巫師，四處殺人放火。」麗妮太太説。

「赫曼平常和鎮上的魔怪和巫師來往多嗎？」

「那倒是看不出來，平時也沒什麼魔怪和巫師來我這裏找他。」麗妮太太繼續説，「不過他是鎮上最大的超市『多又全』的採購經理，認識人不少；他總是去亞伯丁採購，也認識那邊不少人，他在那邊也有個住處的。」

「噢，赫曼是有正當職業的？」海倫説。

「對。」麗妮太太點點頭，「是魔法師聯合會給他找的工作，沒想到他是這樣一個傢伙。他以前犯過錯，被關了十年，據説改邪歸正了，也有一個正當職業，沒想到呀……」

「嗯……」海倫若有所思地點點頭，「麗妮太太，你説赫曼在亞伯丁也有個住處？」

「是，有時候他在亞伯丁採購，一連好幾天

50

都不能回來，他說在郊區租了一個房間，錢是由超市出的。」麗妮太太說。

海倫沒說話，而是站了起來，她來回走動著，明顯是在考慮什麼。

「會長先生，你說赫曼跑了，會不會去了亞伯丁那個房子呢？目前我看他也不敢回來。」海倫突然問道。

「很有可能。」柯特用力地點點頭，「他又不傻，回來就是自投羅網。」

「麗妮太太，你知道赫曼在亞伯丁的住處地址嗎？」海倫文問。

「不知道，我只知道電話號碼，赫曼留給我的。」麗妮太太說，「超市肯定知道，亞伯丁的房子是超市幫他租下的。」

「好，知道電話號碼就太好了。」海倫興奮地說，「你按這個號碼打個電話，說有要緊的事。我的意思是看看赫曼在不在這個房子裏。」

「我來打嗎？」麗妮太太有些緊張，「好

吧，我來打。抓住赫曼，抓住無臉魔，這個小鎮就安靜下來了。」

「麗妮太太，你放心，我們魔法警察有絕對能力保護證人和線人的安全。」

「好。」麗妮太太點頭，「我相信你們。」

麗妮太太轉身去找電話號碼。沒幾分鐘，她拿來一個小本子，然後走到電話機旁邊，看了看海倫他們。

海倫點點頭，湯姆斯和餓了都有些激動，好像已經發現赫曼的下落一樣。

麗妮太太看着小本子，開始撥號。撥完號碼，海倫都能聽清聽筒裏傳來的打鈴聲，因為屋子裏安靜極了。

「喂——找誰？」聽筒那邊傳出一個聲音。

「赫曼嗎？我是麗妮太太，你今天中午回不回來？要不要準備你的午飯？」麗妮太太不緊不慢地問，「剛才打你的手機，打不通，就打這個電話試試。」

「不回來了，我在亞伯丁這邊，要有好幾天不回來了，到家你就會見到我。」赫曼說道，聽他的語氣，倒不像是被追蹤的逃犯。

「噢。」麗妮說，「那麼別忘了，今天是月底了，下月五號前，你的房租要給我……」

「會給你的，這個老太太，我什麼時候欠過你房租呀？」赫曼有些不耐煩地說，「我還有事，先不說了……」

「好的，好的。」麗妮太太說，「祝你生意興隆。」

「等等，麗妮太太，你說我的手機打不通嗎？是線路不好還是無人接聽？我一直都在呀。」赫曼突然想起什麼，問道。

「就是打不通，我連打了好幾次。」麗妮太太說。

「好，我知道了，我檢查一下手機。」赫曼說，「我怕客戶找不到我，耽誤了生意。」

赫曼掛了電話，麗妮太太也把電話放下。大

家一起鼓起了掌，都覺得麗妮太太應對自如。

「還説什麼耽誤生意，我看是怕那個無臉魔找不到它。」湯姆斯對海倫説，他剛才也清晰地聽到了赫曼的話。

海倫冷冷一笑，隨後又站了起來。

「赫曼就在亞伯丁。下一步，會長先生，請你去赫曼上班的的超市，查清楚他在亞伯丁的住址，然後我們就去亞伯丁，把它抓住。」

柯特同意海倫的安排，他們一起離開了麗妮太太家。海倫他們去魔法師聯合會，因為他們擔心那邊又會出什麼事，柯特就獨自去了超市。

魔法師聯合會門口，海倫他們遇到了正趕回來的多米尼。就在他們去麗妮太太家的時候，多米尼又出外調查了，不過這次他仍然撲空，作案人早就跑了。

「亞伯丁魔法師聯合會知道你們這裏的情況吧？海倫很感慨地問，「怎麼就沒有給你們多派出魔法師增援呢？」

　　「亞伯丁沒有魔法師聯合會，我們這裏歸於延文禮士魔法師聯合會管理，他們那裏忙不過來，幾個異域小鎮都亂了。」多米尼說。

　　「我立即就請諾恩警司給你們這裏派魔法警察來增援吧。」海倫想了想，說道。

　　「你們不就是來增援的嗎？」多米尼沒好氣地問。

　　「我們……」海倫愣住了，隨後小聲地說，「算是吧，不過我們是來辦案的。」

　　「都一樣，都一樣。」湯姆斯滿不在乎地說道，「不用分得那麼清楚，抓到無臉魔就行！」

第五章

魔網

　　進到魔法師聯合會裏，一切暫時平安。不過湯姆斯以為柯特很快就回來，但是等了一個多小時，柯特還是沒有回來。

　　「是不是遇到麻煩了？」海倫看柯特一直沒回來，跑去問多米尼，「要不要給他打個電話？可是我沒有他的號碼。」

　　「不會的，自從有魔法師遭到襲擊，我們都謹慎多了。」多米尼說着從口袋裏掏出一個橡皮擦大小的黑方塊，「遇到攻擊，按一下這個呼救器，全部魔法師就會收到準確定位，三分鐘內就能趕到。有魔怪後來又偷襲，我們都及時趕到了，魔怪似乎也知道這個呼救器，在鎮上也不敢攻擊魔法師了。」

「這可真不錯。」海倫誇讚地說。

「當然，你以為我們就傻等着被攻擊嗎？」多米尼有些不屑地說，「這東西在鎮上非常好用，傳輸距離有幾公里，完全覆蓋了全鎮。」

「可是你還是給他打個電話吧。」海倫有些憂心地說，「就問一個位置，這麼長時間……」

「我按一下這個，他馬上就來了。」多米尼笑了笑，同時晃了晃手裏的呼救器，「他以為我遭到攻擊了呢。」

「不要謊報軍情。」海倫連忙制止。

「逗你呢。」多米尼又笑了笑，「好吧，給他打個電話……」

正說着話，柯特從外面走了進來，一副急匆匆的樣子。

「等急了吧？唉，赫曼的那些同事，真難對付，就是不肯給我赫曼在亞伯丁的住址，說是怕洩露同事的隱私。」柯特一進來就開始解釋，「我和他們說了，異域小鎮沒有警察，魔法師聯

合會就是警察局，我們的職責就是警察的職責。唉，説了好半天……」

「那到底問來沒有呀？」海倫急着問。

「秋天路359號，在郊區，是個小公寓樓，沒幾户人家，在201室。」柯特説。

「是二樓嗎？我們要有個布置，這個樓層是完全可以跳窗逃走的。」海倫謹慎地説。

「這個好説，我也去抓它。這種情況，我們早就有預案。關鍵是……」柯特看了看海倫，「現在要先去弄一條船，鎮上不安全，鎮上四個渡頭的三個擺渡人，都自己開船去了亞伯丁，剩下一個查克也不見了。」

海倫很是吃驚，看來只能自己找船了。這時，湯姆斯和餓了也跑了過來，聽到沒有船，餓了表示自己完全可以游過去，湯姆斯説找兩三根木頭拼在一起，也算是一艘船。

柯特想了想，説沒必要這麼簡陋，最後，他想到──橡樹島西有個岸邊公園，那裏有供遊客

水上遊玩的遊船。

「多米尼，你留在聯合會，有事就出動。我去亞伯丁，把赫曼抓回來。」柯特要帶着海倫他們去岸邊公園找船，臨走的時候叮囑多米尼。

「要不要我也去呀？」多米尼不放心地說。

「不用，抓赫曼足夠了，我們有三個人呢。」柯特說道。

「我，還有我。」餓了急忙打斷柯特，「你們這裏不但飯菜不好吃，人還健忘。」

「噢，是四個。」柯特連忙說，「四個抓一個赫曼，足夠了。」

「那好。」多米尼點點頭，「抓到快回來。」

「嗯。」柯特說，他忽然想起什麼，「這幾個小時，好像很安靜，沒有報警電話吧？」

「確實安靜下來了，有點奇怪。」多米尼說，「安靜還不好嗎？你們快去快回。」

柯特和海倫他們去了鎮西的岸邊公園，這個公園空無一人，現在鎮上的人大都躲在家裏，哪

有心情出來逛公園。

公園的一側緊鄰着斯肯內湖，在一個小河岔裏，大家果然找到了五艘遊船，只不過這五艘遊船非常的卡通，每個遊船的頭部都有一個很大的小黃鴨當裝飾。只要能開動，大家就不在意什麼形象了。柯特選了一條船，它是電動船，按下電瓶開關，就啟動了。

「好了，這條船被魔法師聯合會徵用了。」柯特滿意地說，他看看眾人，「請上船！」

海倫和湯姆斯上船，餓了在湯姆斯的背包裏。這種遊船可以坐三個人，柯特坐在最前面，充當駕駛員。

小黃鴨遊船先是繞着岸邊行駛，開到了橡樹島的南岸後，向對面渡頭開去，那個渡頭就是海倫他們來的時候，查克當擺渡人的渡頭，那裏是亞伯丁和橡樹鎮往來最近的渡頭。

遊船行駛很慢，但是筆直地向對面渡頭前進。海倫和湯姆斯在討論如何抓捕赫曼，這次抓

捕一定要萬無一失，不能讓赫曼跑了。

他們到達對面渡頭，足足用了將近一個小時的時間。柯特把船停在了渡頭棧橋頂端位置。

柯特先上了棧橋，隨後扶着海倫上了棧橋，湯姆斯最後一個上來。這裏和剛才的樣子沒什麼區別，不過是少了一條船，周圍很安靜，當然，那個查克也不見了。

「走吧，到了亞伯丁，最好赫曼在家裏。」柯特說道。

「不在家也要等到他回來。」湯姆斯自信地說，「等他回來時怎麼抓他，我們也有準備。」

他們開始向棧橋在岸邊的一端走，剛剛邁出兩步，忽然，一個影子忽然落下，它站在岸邊，一伸手，整個棧橋上的木板開始從中間直線斷裂，就像是被利器砍上去一樣。

整個棧橋全都斷了，柯特等人全部落水。

「哈哈哈哈哈———」擺渡人查克大笑着，從自己那個小屋衝了出來。

一同衝出來的，還有赫曼。赫曼的身後，跟着五個魔怪和巫師。其中很明顯有一個是魔怪，因為它長着一張黑熊的頭。這些傢伙衝出來後，快步跑向岸邊。猝不及防而掉進水裏的海倫他們，還在水中掙扎。這時，查克和赫曼等，向水中掙扎的海倫他們拋出幾張大網，這種網由黑色的網絲織成、帶有魔性，海倫他們立即就被網覆蓋住。查克和赫曼猛拉網繩，海倫等被纏住，怎麼也掙脫不了。

　　魔怪和巫師們一起拉網繩，海倫他們被拉上了岸。仔細看，剛才斬斷棧橋木板的影子，其實是一個無臉魔，此時，這個無臉魔站在岸邊，露出嘲弄的笑容。這個無臉魔穿着一身白色罩袍，身材瘦小，但是它那張沒有眼睛和鼻子的臉，非常長，那張嘴卻很小，比例看上去就給人很不舒服的感覺。

　　「抓住了，哈哈哈——」赫曼走到無臉魔身邊，指着網裏的柯特，「哈丁大師，他就是魔法

師聯合會的會長柯特，上午就是他追殺我。」

「嗯。」無臉魔哈丁點點頭。

「哈丁大師，這兩姐弟是魔法警察，上午我把他們扔到水裏了，可他們跳上船，把我給抓了，厲害得很呢！」查克走到哈丁身邊報告。

這時，餓了從湯姆斯的背包裏鑽出來，因為網眼比較大，牠鑽出了魔網，這種魔網顯然不是抓牠這種小動物的。餓了鑽出來後，立即躲進岸邊的草叢中。

「哎，跑了——刺蝟跑了——」查克叫了起來，連忙去抓餓了。

「一隻刺蝟，你緊張什麼？」赫曼不屑地說。

「這是會說話的魔刺蝟，和兩個魔法警察是一夥的，也是個魔法警察。」查克說，「上午還審問我呢！」

餓了本想躲進草叢，找機會溜走後再看看如何解救海倫他們，但是查克的手一下就揪住了自己的刺，隨後，餓了被查克提了起來。

「別抓我！我不是魔法警察，我不會說話！」餓了想利用自己動物的外形，蒙混過去，不過隨即捂住了嘴巴，牠意識到自己說錯話了。

岸上的哈丁等魔怪以及巫師，全都大笑起來。赫曼掏出一根繩子，把餓了纏住，隨後把餓了綁在魔網上。這樣，海倫他們全都被抓住了。

哈丁走到魔網邊，冷笑了幾聲。

「你們一直想找我吧？好了，你們現在看到我了。」哈丁冷笑着說，「柯特會長，我認識了；還有兩個魔法警察，我知道你們姊弟害死了我的幾個伙伴。沒想到吧？今天會落在我手裏！」

海倫他們全都不說話。只有餓了在扭動着身

子，想擺脫束縛。

「你們有個小東西，按下去增援就會來。」哈丁用腳踢了踢柯特，「可惜，那東西你來不及拿出來就被網住了。就算我給你用，信號也傳不到橡樹鎮去；就算能傳到橡樹鎮去，他們趕過來也要一個小時！」

「無臉魔，我們是不會向你屈服的。」湯姆斯看看無臉魔，說道，「不過嘛，我不是她弟弟，我比她還要大兩三歲，這點必須說清楚，我和她沒有血緣關係。」

「無所謂！」無臉魔冷冷地說，「不過我要問你什麼，如你就是不說，可想好了後果。」

「喂——無臉魔——」餓了不掙扎了，突然大喊起來，「我們都清楚跑不了，不過呢，我很想知道你是怎麼知道我們到這裏了？」

「為什麼要告訴你？如你們把魔法警察的情況告訴我們，有多少魔法警察要被派來，全都說的話，也許我能饒了你們。」哈丁晃着腦袋說。

「你要是先告訴我，我就告訴你一個天大的秘密。」餓了很是神秘地說。

「餓了——」湯姆斯瞪着餓了，「你要投降無臉魔嗎？」

「哎，有些時候，身不由己呀。」餓了很是無奈地說。

「餓了——沒想到你是這樣的人……不，是刺蝟——」柯特聽到餓了的話，叫了起來。

「餓了？什麼餓了？」哈丁在一邊疑惑起來，「死到臨頭你們還不忘吃飯？」

「我的名字叫餓了。」餓了連忙解釋，「不過我真的餓了，如果有個漢堡包，再配上薯條，再來個冰淇淋就好。冰淇淋要椰子口味的，我就不喜歡巧克力味的……」

「夠了！如果你能說出那個天大的秘密，就給你吃的！」哈丁指着餓了，打斷了他的話。

「先說你為什麼知道我們要來這裏？」餓了毫不畏縮地說。

「可以。」哈丁笑了笑，隨後看看赫曼。

赫曼明白哈丁的意思，他點點頭，走到海倫他們身邊。

「你們一定是來抓我的。我是最主要的當事人，這個由我來告訴你們。」赫曼得意起來，「一切就是因為你們打到亞伯丁我家裏的那個電話，沒錯，我跑了以後，確實去了那裏，你們確實猜中，所以你們就讓那老太婆打電話確認我在不在。但是我從來不欠她房租呀，最關鍵的是，上午我逃走後，就給哈丁大師打過一個電話，說我被發現了，快到我亞伯丁的家裏來，然後我就關機了。那老太婆要是真的曾打我的電話，會聽到語音提示說機主已關機，不會再繼續打，更不可能是什麼信號不好打不通，你們根本就是來套話的。」

「啊，原來是這樣。」餓了恍然大悟，「所以你們就在這裏等我們來了？」

「説句實在的，我們真不確定柯特和魔法

警察會一起來，我們原本想柯特是一個人來的。無論如何，我們要除掉所有橡樹鎮的魔法師，可是他們有了那個呼救的小東西，按一下就能找來幫手，我們在鎮上很難下手。」赫曼繼續得意，「所以，你們既然打探到我在亞伯丁，就一定會來抓我，一定會在這裏上岸，我們就在這裏等了……這都是哈丁大師的安排。你們不知道吧？你們打電話來的時候，哈丁大師就在我身邊！」

「我說鎮上這幾個小時怎麼都安靜下來了，原來都跑到這裏等我們來。」柯特碰了碰被一起捆着的湯姆斯，說道，「看來這些傢伙都在這裏聚集了。」

湯姆斯歎了一口氣，此時他也沒什麼辦法。纏住他們的魔網有魔力，而且是三張魔網。

關鍵人物

賀瑞斯

長有四隻手的魔怪,但實際功用不明。他的性格衝動而容易受騙,他因為襲擊橡樹鎮鎮長而被捕,而招供說是赫曼指使他行兇的,但背後原因仍在調查中。

赫曼

表面是超市的採購經理,往來亞伯丁和橡樹鎮,但其實跟無臉魔哈丁、魔怪等壞人有勾結,並作為中間人在背後推波助瀾,令橡樹鎮引起混亂。

麗妮太太

今年一百五十歲,是一隻海龜怪,後背長有一個大大的龜殼。她是赫曼在橡樹鎮住所的房東,全靠她的機警和觀察力,才能為魔法警察提供指證赫曼的情報。可是……

關鍵證物

呼救器

魔法師為了防範受襲擊而攜帶在身上的小巧工具。當遇到攻擊時,只要一按鍵,全部魔法師就會收到準確定位而趕到。但缺點是信號傳達不到去幾公里外的遠處。

第六章 千鈞一髮

「現在明白過來，已晚了。」赫曼先是看看柯特，然後又看看餓了，「小刺蝟，你想知道的都知道了，現在說出你的秘密吧……」

「等一下。」餓了連忙說，「你和查克認識嗎？你們兩個怎麼跑到一起的？」

「問題這麼多？」赫曼一臉厭煩，「以前認識，簡單點點頭，上午跳進快艇後發現他被綁着，就知道他也是我們一夥的了。」

「真是囉嗦！你和他說這麼多幹什麼？」查克很不耐煩，走到赫曼身邊，「可以了，讓他們說秘密，到底有多少魔法警察派過來？他們對付我們的計劃是什麼？」

「對。」赫曼指着餓了，「該你說了。」

「我……」餓了又掙扎了兩下，牠感覺自己是無法逃脫了。

「餓了，不要亂說話！」湯姆斯喊道。

「你閉嘴！」赫曼指着湯姆斯，喊道，「再亂喊就先宰了你！」

「不用攔着我，攔着也沒用──」餓了扭着身子，「我告訴他們──」

「你快說──」哈丁也着急地走過來。

「好，我的秘密就是──你們知道我為什麼總是感到餓嗎？」餓了晃着腦袋問。

「你說什麼？」哈丁愣了一下，問道。

「答案比較多，和我攝入的脂肪少有關、和我攝入過多的碳水化合物有關、和我最近壓力大也有關……」

「你在耍我們──」哈丁說着一揚手，一道電光筆直地射向餓了。

餓了被射中，周身散發出白光。牠痛苦地慘叫一聲，倒了下去。

「餓了──」海倫和湯姆斯一起大喊起來。

「說吧，這裏要來多少魔法警察？」哈丁看着海倫他們，手一直半抬着，威脅着，「你們不說，下場就和這隻刺蝟一樣！」

「我和你拚啦——」湯姆斯用力扭動身子，但是那魔網牢牢地禁錮着他，他無法伸手，所以做不出任何魔法攻擊動作。

「你怎麼拚？」哈丁冷笑起來，「我的時間有限，我的耐心也有限，再給你們一分鐘時間。不說的話，就在這裏解決你們三個！」

「不說，什麼都不說！」海倫怒視着哈丁，「你這該死的無臉魔——」

「還敢罵我們老大！」赫曼喊道，「兄弟們，我們把他們燒死！」

在哈丁身後的五個魔怪和巫師立即躍躍欲試。熊頭的魔怪走上前一步。

「赫曼，是要我們去找木頭嗎？用木頭圍住他們，放火燒！」

「熊頭怪，我們看錯你了！你解除關押來到

橡樹鎮時，你說你已改過，不作惡了，鎮長才把你安排在停車場工作，沒想到你還是作惡！」柯特盯着熊頭怪，喊道。

「我一直就沒改好，一直等着把你們都殺死的這一天呢！」熊頭怪回應，「我為什麼要改好？」

「如想燒死他們，還要去找木頭，真是麻煩。」哈丁擺了擺手，「每個人的腦袋來射一道電光上去。」

哈丁說着走到了岸邊綁着三個人的地方，盯着柯特，看了看。

「好，就來個乾脆的。」查克附和着，「哈丁大師，就出手吧，說實在話，我的魔力還不太夠呢……」

「殺了他們——」熊頭怪等一起喊道。

「還是不説，是吧？」哈丁用腳踢了踢柯特，又踢了踢海倫。

柯特和海倫不理他，湯姆斯就痛苦地看着躺在地上的餓了，餓了一動不動的。

「好樣的。」哈丁嘲弄地説，隨後，它把手抬了起來，對準了柯特的頭。

「嗖——」的一聲，一道電光射出。就在電光剛剛射出的時候，哈丁身前發出「轟——」的一聲巨響爆炸了，爆炸的衝擊波炸飛了哈丁，把它那道電光炸得分成幾段，四處飛蕩。距離不遠的柯特、海倫和湯姆斯也被氣浪推倒。

赫曼、查克等魔怪和巫師全都嚇壞了，正在發愣的時候，一個英俊的年輕男子從天而落。這個男子一頭金髮，個子很高，身材略瘦，身穿一身幹練的夾克衫，一副瀟灑的樣子。

「本傑明——」海倫看到年輕人，興奮地喊道。

　　落地的正是倫敦魔幻偵探所目前的當家人——本傑明，他是海倫的師弟，海倫從魔幻偵探所被徵召當了魔法警察，原本的負責人南森博士也已經退休，偵探所一切事情，都是由本傑明在打理。

　　哈丁還倒在地上，赫曼最先反應過來，他狂叫着撲上去，一拳就打向本傑明，本傑明閃身躲開，反手就是一拳，他的出拳速度極快，赫曼當即被打中，慘叫一聲，飛了出去。

　　查克和熊頭怪也撲上來，本傑明主動出擊，沒等他們靠近，迎上去各出一拳，查克和熊頭怪也被打飛了。

　　其餘四個魔怪和巫師，看到

本傑明如此身手，有兩個轉頭就跑，另外兩個哆哆嗦嗦地撲上來，本傑明身體一轉，腳高高抬起，踢向巫師，巫師連忙躲避，但另一魔怪沒有躲過，身體被踢得橫飛出去。

那邊，哈丁慢慢地爬起來，怪叫着衝過來，本傑明迎上前，一拳打過去，哈丁身手一擋，根本撥不開本傑明的拳頭。哈丁只能閃身，隨後快步後退，同時，它從袖口掏出一根魔法棒。

「連環劍——」哈丁唸了一句魔法口訣，魔法棒一揚。

十把短劍，從哈丁衣袖裏接連飛出，排着隊射向本傑明的脖頸，本傑明雙手一推，十道急促的電光，依次飛向十把短劍，短劍被擊中，發出「噹噹」的聲音，隨即一一落在地上，又發出清脆的金屬撞擊聲。

哈丁吃了一驚。這時，倒地的魔怪和巫師全都爬了起來，它們沒攻擊，全都躲在哈丁身後。

「上！給我攻擊他——」哈丁大聲下令。

　　「上——上——」赫曼揮着手，指揮那些魔怪和巫師，自己後退了一步。

　　「上——給我上——」查克也揮着手，想讓別人衝上去，自己後退了好幾步。

　　其餘的魔怪和巫師也不敢上前，結果是他們跟哈丁拉開了距離，哈丁轉身看看身後的這些傢伙，氣得腦袋亂晃。

　　本傑明吶喊着衝上來，哈丁連連後退幾步，它忽然站定，隨即又一揚魔法棒。

　　一股巨大的烈焰，對着本傑明就飛過去，很快就要包裹住本傑明。本傑明根本就不避讓，他雙手伸出，向前平推。

　　「無影鋼鐵牆——」

　　一堵有長方外形，但是透明無影的鋼鐵牆壁飛出，當即就攔住了那股烈焰。烈焰翻滾，周圍的空氣溫度就急劇上升，但是烈焰就是衝不破那鋼鐵牆。不一會，烈焰的能量就漸漸變小，最後變成了幾股火苗，散了。

　　哈丁和那麼些魔怪都愣住了。本傑明遙控着鋼鐵牆，在他手臂的操控下，鋼鐵牆凌空升起。

　　「呼」的一聲，鋼鐵牆被本傑明拋了下來，對着哈丁就狠狠地砸過去，哈丁躲閃不及，被鋼鐵牆砸中，當即被砸在地上，痛苦地哀吼。

　　哈丁身後的魔怪和巫師，紛紛向本傑明射出電光，隨後轉身就跑，根本這不是攻擊，完全是掩護逃跑的動作。

　　本傑明躲過兩道電光，要去追趕。

　　「本傑明——」海倫看到本傑明擊敗魔怪，大喊起來，「快來救我們的人——」

　　本傑明停下腳步，轉頭看看海倫，隨後放棄了追趕，來到海倫身邊。

　　「帶急救水了吧？快救那隻刺蝟——」海倫急着說，「牠也是魔法警察！」

餓了的身體被電光射穿，血流了很多，身體還被繩子捆着。本傑明從口袋裏掏出急救包，把小半瓶急救水都倒在了牠的傷口上，隨後開始把急救水灌進牠的嘴裏。急救水是一種頂級魔藥，對於魔怪或巫師的攻擊造成的傷害，救治功能極其強大。很多時候具有起死回生的作用。

這一切做好後，本傑明用手指按住餓了的心臟，開始做心肺復蘇。

「餓了——餓了——」湯姆斯大聲喊道，「醒醒——醒醒——」

「你這孩子，過一會再給你找吃的。」本傑明不耐煩地說。

「我……」湯姆斯皺着眉，他仍然被捆着，本傑明此時也顧不得把他們解開，「我不餓呀……」

餓了的身體忽然動了一下，大家都激動起來。本傑明連續按壓，餓了的身體又動了幾下。

「好了，救過來了！本傑明，超級外援！

你來得太及時了，否則餓了就……」海倫感慨地說，「啊，『餓了』是這刺蝟的名字，牠就叫餓了。」

「噢，明白了。」本傑明點點頭。

「這位阿弟，不要以為我是海倫的弟弟，我比她都大，我是不小心變小了……」湯姆斯很認真地強調說。

「難道我還不知道海倫有沒有弟弟？」本傑明看了看湯姆斯。

「你倆就不要吵了……」海倫看看本傑明，又看看湯姆斯，「我說湯姆斯，你以前的樣子是不是和本傑明差不多呀？不過你性格上更冒失，本傑明以前也是這樣，現在好多了。」

「我比他英俊多了！再說我也不冒失，我那是情緒高漲……」湯姆斯不太滿意海倫對自己的評價。的確，從外形看，湯姆斯年紀是比本傑明小很多，神態倒是有一些相似的地方。

餓了有了心跳和呼吸，只不過呼吸還比較

弱，眼看牠被救過來，大家也都放心了。

「快給我們解開吧。」海倫對本傑明說，「我說，是誰讓你來的？剛才真以為這次就真的完了呢⋯⋯」

「你自己呀。」本傑明說着就去解綁着他們的魔網，「不是你上午給你們警察廳的諾恩先生打電話請求支援嗎？諾恩先生現在派不出人來，剛好我在亞伯丁辦案，他知道這個情況，就把我派來了。我要坐船到橡樹鎮，來到這裏，正好遇見。」

「噢，原來是這樣。」海倫說，「本傑明，你把南森博士的無影鋼鐵牆添加了新的用法嘛。博士都是用鋼鐵牆進行防禦，你把鋼鐵牆拋出去用於進攻了。」

「小意思，小意思。」本傑明得意地說，「我拓展的魔法，可不止這些呢。」

海倫他們掙脫了束縛。大家都圍到餓了身邊，關切地看着牠。餓了此時的呼吸開始勻暢起

來，明顯被救治過來了。

本傑明又給餓了喝下一些急救水，這次餓了是能自己喝下去的。喝了急救水後，餓了很快就睜開了眼睛。

「我感覺……」餓了緩緩地說。

「睡了一覺。」湯姆斯接過話，說道。

「吃了頓飽飯。」餓了說，「大吃了一頓，就像在自助餐的餐廳隨便吃。」

「哎，什麼都離不開吃。」湯姆斯歎了一口氣，「你剛才被無臉魔攻擊，暈過去了，給你喝了急救水才醒。」

「這位英俊的男士，你就是長大後的湯姆斯嗎？」餓了看到了沒見過的本傑明，「我感覺你對我的蘇醒起了關鍵作用。」

「我不是他。」湯姆斯立即說，「我也是第一次見到他。」

「我叫本傑明，倫敦魔幻偵探所的負責人。」本傑明自我介紹，「海倫以前也在偵探所

工作。另外，我對你的蘇醒，的確起了關鍵作用。」

「如果你去給我買一包餅乾，就會起全部作用。」餓了説道，「突然想吃餅乾了，香草味道的。」

「你還是先好好休息吧。」本傑明説着站了起來，他看看海倫，「怎麼樣呀？到底都發生了什麼事？你都被捆住了，難得一見呀。你這劍橋畢業生，還是要我這牛津畢業生來救呀。」

「本傑明，你救了我，我不想和你吵。我只想説牛津沒什麼了不起，真正厲害的還是我們劍橋……」海倫的情緒一下就被本傑明點燃了。

「行了，行了——」柯特連忙擺擺手，並且站在兩人中間，「有關牛津劍橋之爭，我們可以找個時間來一次辯論大賽，但是現在這不是時候……這位牛津畢業生，我叫柯特，是魔法師聯合會在橡樹鎮的駐鎮會長，我們那裏現在亂作一團了，魔怪剛才又全都跑了……」

第七章 一號牢房

　　柯特和海倫把橡樹鎮的情況全都告訴了本傑明，海倫把自己一路追蹤無臉魔大魔頭雷頓的事，也告訴了他。目前的情況就是，橡樹鎮之亂的操作者哈丁，已經浮出水面，哈丁通過指揮赫曼這些人，在橡樹鎮作亂，現在它帶着這些傢伙，已經不知去向了。

　　大家覺得，應該先回到橡樹鎮，在鎮上做好防守。剛才哈丁應該是把橡樹鎮中能掌握的犯罪勢力，全部糾集到了渡頭這裏；現在他們全部逃走了，也沒有坐船，一時也回不到橡樹鎮。橡樹鎮要做好監視，防備那些傢伙再次返回。

　　柯特和多米尼聯繫，說明了剛才遇到的情況。隨後，他們開着那條遊船，返回橡樹鎮。本傑明和海倫、湯姆斯擠在船的後排座位上，這令湯姆斯感到很不舒服。餓了在湯姆斯的背包裏，

牠緩過來後，明顯虛弱很多，應該又睡着了。

「本傑明，我覺得你成長了。」海倫也感到擁擠，不過她想和本傑明敍舊，「剛才你的表現真是讓我敬佩。」

「難得你說出這樣的話，我倒是感覺很不自在。」本傑明說，「另外，我們分開也就兩個月時間吧，別像是分開二十年一樣。」

「兩個月嗎？」海倫想了想，「嗯，還真是，可能是思念的緣故吧……」

「哇——肉麻！海倫你還不如罵我幾句。」本傑明叫起來，「這船什麼時候到呀？」

「哈哈哈——」海倫大笑起來。

「還笑呢，想想怎麼把無臉魔抓住吧。」本傑明說，「那個哈丁，還有那個赫曼……」

遊船的電瓶裏的電還好是滿的，遊船開到亞伯丁這邊的渡頭，現在又要開回去。他們終於回到了橡樹島的渡頭，大家一一下船，向鎮上的魔法師聯合會走去。

來到魔法師聯合會前，萊斯利已經不在樓頂守護了。多米尼在門口，看到大家回來，連忙迎上來。

柯特把本傑明介紹給多米尼。多米尼看到又有魔法師前來增援，很是高興。

「現在，鎮上果然安靜下來了，趁火打劫的也沒有了。」多米尼介紹說，「萊斯利和切克去

沿着岸邊巡邏了，如發現情況會立即報告；我和巴爾在這裏看着關押的魔怪和巫師。」

「嗯。」柯特點點頭，「不過就兩個人巡邏，要是無臉魔回來了，也難發現它們呀。」

「總好過一個人不派呀。」多米尼很無奈。

柯特點點頭，他們走進聯合會。本傑明是第一次來，進來後，好奇地環顧着四周。

「一樓這裏，沒什麼有效的防禦手段呀，這些桌子和椅子頂住門，防普通人可以，防不住魔怪攻擊呀。」

「誰想到魔怪會攻擊聯合會呀，沒怎麼準備。」柯特說，「不過好在魔怪沒怎麼進攻這裏。要是真的來攻擊，我看很難擋住他們。」

「樓頂上怎麼也要架設兩枝魔銃。」本傑明建議道。

「哎，人手也不足呀！」柯特很苦惱地說。

這時，地下室那裏，傳出了叫聲。

「放了我吧！讓我交代的，我也交代了，還

關着我幹什麼呀——」賀瑞斯哀求的
聲音傳出來，「今後我再也不去殺鎮
長了，要是再殺他，就詛咒我
永遠中不了獎！」

「這傢伙真是
煩人，太吵了。」柯
特說着喊起來，「巴
爾——叫它閉嘴！」

「會長先生，沒辦法，這傢伙太鬧了——」
看押魔怪的退休魔法師巴爾的聲音傳來。

柯特歎了口氣，把大家帶上自己的辦公室。
到了辦公室，湯姆斯就把餓了從背包裏抱了出
來，輕輕地放在椅子上，牠已經睡着了，呼吸非
常均勻，海倫說晚上還要給牠喝急救水，要好好
養一下。急救水這種頂級療傷魔藥，治癒效果確
實出眾。

眼看已經快到傍晚了，經過這一天的折騰，
大家都趕到累了。柯特無精打采的，他擔心夜晚

的時候，哈丁會帶着魔怪和巫師又潛進橡樹鎮。

　　此時小鎮很安靜，聯合會這裏也是安靜的，除了樓下關着的賀瑞斯。海倫一直沒怎麼説話，她在柯特的辦公室裏，似乎一直都在想着什麼。

　　忽然，海倫站起來走到窗邊，看着外面。

　　「哎，我説，你和她不是多年的同事嗎？她這是在幹什麼？」湯姆斯碰了碰本傑明。

　　「她在想辦法呢，和我們的老師南森博士一樣。」本傑明小聲地説，「她可聰明着呢，雖然她那個學校比我們學校差遠了。哎，要是她在我們牛津上學，現在也是天下第一了。」

　　「這麼厲害？」湯姆斯説着狡猾地看看本傑明，「那你在牛津畢業，現在已是天下第一嗎？」

　　「咦？你聯想力可很豐富。」本傑明不屑地説，「我就是讓着她呢。我要是天下第一，怕她不高興。這麼多年同事，我都不和她計較的……」

92

站在窗邊的海倫忽然轉過身，看了看柯特。

「會長先生，那邊是不是糧庫呀？被赫曼給燒了。」柯特辦公室在二樓，在這裏能看到小鎮的很多建築，海倫指着窗外幾百米外的一座建築，問道。

「我看看……」柯特站起來走到窗邊，看着遠處的建築，「沒錯，就是糧庫，早上給赫曼燒的，目的就是製造恐慌，看押所也給燒了，關在裏面的魔怪趁亂跑了幾個。」

「會長先生，我有辦法了！」海倫忽然說。

海倫剛說完，大家都站了起來，非常興奮。

「站在窗戶邊就能想到辦法？」湯姆斯說着就衝向窗邊，「我也來站一會……」

「湯姆斯，不要搗亂。」本傑明說着看看海倫，「不得了呀海倫，南森博士都是想好半天才能想到一個辦法的。」

「我也是剛才進來，聽到賀瑞斯大呼小叫的，受了啟發。」海倫看了看本傑明，「本傑

明，你來得太及時了，不僅救了我們，你這張生面孔，也能幫上大忙。」

「我嗎？我當然能幫上忙，否則諾恩先生也不會千裏挑一把我派來，剛才我的攻擊力你們也都看到了。」本傑明顯得很得意，「那麼，要我幫什麼忙？」

「住進地下室的監獄去。」海倫眨眨眼睛。

「啊？」本傑明愣住了。

外面的天漸漸黑下來，賀瑞斯靠在牢房的柵欄上，它有氣無力的，因為已喊了一天。牢房頂端又一扇長窗戶，高不過半米，外面是地面，光從那裏照射進來。魔法師聯合會的監牢有兩間，是一號牢房和二號牢房。賀瑞斯被關在一號牢房，這裏還關着另外五個魔怪和巫師。

看守牢房的魔法師巴爾，趴在外面一張桌子上，昏昏欲睡。兩個牢房都是用柵欄作為周邊的，柵欄杆非常粗，而且也被施過魔法，一般魔怪和巫師根本就打不開。巴爾在桌子後，也能直

觀地看到兩個牢房裏被關押者的一舉一動。

「放我出去⋯⋯」賀瑞斯有氣無力地喊道。

「算了，喊了一天了，沒用的。」一號牢房裏一個巫師說。

「威利斯，看你那個倒楣樣子。」賀瑞斯說，「就是讓他們煩，沒準就能把我放了，我不要在這裏關着，我已經關了十年了⋯⋯」

這時，地下室走廊傳來一陣聲音，只見多米尼押着本傑明走過來。魔法師巴爾立即站起來。

「他攻擊魔法師，先關起來！」多米尼看看巴爾。

「是！」巴爾立即說。

巴爾走到柵欄門那裏，先是用手摸着柵欄門的門柱，口中唸着魔法口訣，門柱晃了晃，隨後又立穩不動了。巴爾掏出鑰匙，打開了門。

「進去！」多米尼把本傑明一把推進去。

「啊，不行——」賀瑞斯站了起來，大呼起來，「我們這裏有六個了，住不下了——」

多尼米和巴爾可不管這個。本傑明被推進去後，巴爾鎖上了門。

　　「諸位，晚安。」本傑明看着牢房裏的魔怪和巫師，很有禮貌地打招呼。

　　「新來的，沒你地方躺，你躺在大門口的地上。」巫師威利斯説，「牀不夠用了！」

　　牢房裏面，有三張大牀，還有三張簡易的折疊牀，一看就知道是新擺進去的。

　　「不行，為什麼我睡地上？我要睡牀上！」本傑明毫不退讓地説。

　　「哎，新來的，這麼沒規矩。」威斯利先是愣了一下，隨即説道，「你是不是想挨揍呀？」

　　説完，威斯利就走向本傑明，另外幾個魔怪和巫師也都跟了過來，兇巴巴地瞪着本傑明。

關鍵人物

本傑明

海倫的師弟，自從海倫被徵召當了魔法警察後，他成了倫敦魔幻偵探所的當家人。現年只是**16**歲，但已經長大得俊朗強健，魔力亦大有進步，令人刮目相看。

關鍵證物

魔網

由黑色的網絲織成，帶有魔性。若不幸被魔網覆蓋住，怎麼也掙脫不了。除非你的身形比它的網眼更細小。

急救水

一種頂級魔藥，救治功能極其強大，既可外敷又可內服，可以減輕由魔怪或巫師造成的傷害。海倫他們還是魔法偵探的時期，也是多次全靠它才能起死回生。

小黃鴨遊船

平日是停泊在公園河邊的電動遊船，共有五艘。雖然船頭有巨大的鴨頭裝飾，形象跟執行秘密任務不太相配，但因為情況緊急，也被魔法師聯合會臨時徵用了。

越獄

威斯利上來，猛地推了本傑明一把，本傑明向後退，靠在柵欄門上。威斯利繼續上前，一拳就打過來，本傑明一閃，躲過拳擊，隨即猛地向前一衝，一下就把威斯利推了出去，重重地撞在牆壁上。

另外四個魔怪和巫師一起衝上來，拳腳交加，一起打向本傑明。本傑明揮着拳頭就迎了上去，也就用了十幾秒鐘，四個傢伙全部倒在地上，哀吼起來。

「不許打架——」巴爾走過來，隔着柵欄喊道，「誰打架就多判刑！我這都記着呢——」

威利斯他們倒在地上，都害怕本傑明，也不敢打架了。靠着柵欄的賀瑞斯看到這一幕目瞪口呆，沒想到這個剛進來的年輕人這麼厲害。

本傑明冷笑着看着威斯利他們，隨後看了看

賀瑞斯。

「我沒有打你，我沒有打你⋯⋯」賀瑞斯連連說。

「好好坐着去，不要蹲在這亂叫。」本傑明指了指牀鋪位置。

「是，是。」賀瑞斯立即站起來，走到牀鋪那裏，坐下，「你是老大，你說了算！」

威斯利等從地上爬起來，也都乖乖地坐下，連看都不敢看本傑明。

晚上，臨睡覺前，巴爾不知道從哪裏拿來一個墊子，塞進了牢房。

「喂！你們幾個，沒有牀了，睡覺用這個墊子湊合一下吧。」巴爾漫不經心地說，「再抓進來幾個，連墊子也沒有。」

巴爾坐回到自己的座位，沒一會，多米尼走了下來，和巴爾說了幾句話後，巴爾走了上去，多米尼則坐在了桌子後，兩個人換班了。

「睡覺時間到了，都去睡覺。」多米尼坐下

沒半分鐘就喊道，「快點呀，三分鐘後熄燈！」

本傑明原本坐在一張牀上，聽到多米尼的話，站了起來。他先是走到賀瑞斯的牀邊，賀瑞斯本來已經躺下來，看到本傑明，連忙起身。

「你躺下。」本傑明説。

賀瑞斯連忙躺下。本傑明走到了威利斯的牀邊，威利斯也已經躺下了，看到本傑明站在自己的牀邊，連忙坐起來。

「你，睡到墊子上去。」本傑明命令地説。

威利斯無可奈何地站起來，走到墊子那裏，把墊子擺好，躺了上去。

「全都睡覺！」本傑明大喊一聲。

大家連忙都躺好，賀瑞斯連忙閉眼。

第二天一早，多米尼喊醒了大家，不久，湯姆斯提着一個袋子進來，裏面裝着十幾個漢堡包，這是被關押的魔怪和巫師的早餐。

湯姆斯隔着柵欄，看到了本傑明。趁人不備，湯姆斯擠了擠眼睛，本傑明微微一笑。

大家吃了早餐，本傑明坐在牀上，別人都躲到一邊。賀瑞斯湊了上來。

　　「小老大，早上好。」賀瑞斯坐在本傑明身邊，「你為什麼被抓進來？小小年紀好屬害！」

　　「那你是為什麼？」本傑明反問道。

　　「我……我襲擊鎮長，我和鎮長有仇。」賀瑞斯說。

　　「我攻擊魔法師，兩個。」本傑明說，「後來又來了一個魔法師，我一個打不過三個，就被抓了。」

　　「哇，一個打三個！」賀瑞斯很是吃驚，「真屬害。你和魔法師有仇？」

　　「算是吧。」本傑明點點頭，「以前被魔法師抓了，送到亞伯丁關了兩年，最近剛出來。現在不是很亂嗎？我以為搞掉個魔法師，不太會有人注意，也顧不上我，沒想到還是被抓了。」

　　「啊。和我很像呀！」賀瑞斯很是激動，「我也被關到亞伯丁去了，我沒見過你呀。」

「哎，我還沒見過你呢。」本傑明說，「你在第幾監區？」

「第一監區。」

「那就對了，我在第五監區，它是隔離的，你們見不到的。」

「嗯。」賀瑞斯點點頭，「那我們也算是同學了，很高興認識你呀，同學，你叫什麼呀？」

「本傑明。」

「我叫賀瑞斯。」賀瑞斯自我介紹，「多多關照呀！」

「嗯，這裏面的人，我就看你算順眼。」本傑明點點頭，「我說，在這裏的日子，不舒服吧？」

「當然，煩死我了！」賀瑞斯說着站起來，衝到柵欄那裏，手握着柵欄，「放我出去──放我出去呀──」

「又喊了。」本傑明搖了搖頭，他看看賀瑞斯，「我說，你過來，別喊了。」

賀瑞斯對着外面又喊了一句，不過隨即很順從地坐到本傑明的身邊。

「你想出去吧？」本傑明突然問。

「當然想，可是出不去呀。」賀瑞斯説，「你有辦法嗎？」

「幾點了？」本傑明又問。

「快八點了吧？」賀瑞斯説着指了指外面的牆壁上，那裏掛着一個鐘，從裏面能看到，「嗯，快八點了。」

「那你就跟着我幹吧，我帶上你。」本傑明小聲地説。

「啊？」賀瑞斯一愣。

「倒數……」本傑明沒有回答它，而是莫名其妙地説了一句。

「倒數？」賀瑞斯皺着眉，不知道本傑明在説什麼。

「……9、8、7、6、5、4、3、2、1……」本傑明低頭默唸着。

「轟——」的一聲巨響傳來，除了本傑明，牢房裏的人都嚇了一跳。

「怎麼了？怎麼了？」巴爾叫着跑了上去。

本傑明拉着不知所以的賀瑞斯，快步來到柵欄對着的牆壁那裏，用後背貼着牆壁。

「轟——」的一聲，窗戶那裏突然發生爆炸，窗戶那裏也豎立着兩根粗粗的鐵棍，作為攔阻，防止魔怪和巫師逃走。此時，兩根鐵棍全部被炸斷，破碎的玻璃飛濺進屋子裏。威利斯他們抱着腦袋，鑽到牀下。

「好了。」本傑明拍拍賀瑞斯，「跟我出去！」

本傑明縱身一躍，手扒住窗台，一用力，身體上了窗台，他從炸爛的窗口鑽了出去。賀瑞斯看到本傑明逃走，也縱身一躍，上了窗台，隨後也鑽了出去。外面，本傑明拉了賀瑞斯一把，還把他扶起來。

他們鑽出來的地方，是魔法師聯合會的院

子，兩人一起向大門口跑去。聯合會樓房的正門已經是烈焰翻滾，柯特會長和一個長髮男子打在一起。

「本傑明——快跑——」長髮男子喊道，「我掩護你——」

本傑明和賀瑞斯飛快地跑出了大門，這時，湯姆斯衝出大門，想要去追擊本傑明，被長髮男子攔住。

「快跑——」長髮男子大喊着。

本傑明和賀瑞斯瘋狂地向前跑。長髮男子看到本傑明和賀瑞斯跑掉，停止和湯姆斯的打鬥。這時，被炸開的窗口那裏，又露出個身子，威斯利鑽了出來，他也想逃跑。

長髮男子衝過去，一腳就把威斯利踢了進去。隨後，長髮男子摸了摸臉，變

回了原貌——原來是海倫。

正門那裏，柯特和多米尼已經開始滅火了，海倫看了看院子大門。

「接下來就看本傑明了。」海倫感歎說。

「你這個同事目前的表現還可以。」湯姆斯在海倫身邊，「不要被賀瑞斯察覺出來呀。」

本傑明和賀瑞斯一路狂奔，跑到了橡樹鎮東面的岸邊，那裏有一片樹林，他倆鑽進樹林。

「好，就在這裏休息吧，我可跑不動了。」本傑明說，「他們追不上來的，可惜我的兄弟，哎……一定為了救我，被魔法師抓住了。」

賀瑞斯已經坐在了地上，它也氣喘吁吁的，一直在那裏大口地呼吸着。

「我說，本傑明，這到底是怎麼回事呀？」賀瑞斯疑惑地問，「你怎麼知道窗戶會被炸開的？」

「我安排的，否則我怎麼會知道有人來炸開窗戶呢？」本傑明說，「這事很簡單呀，我和兄

弟早就有約定，一旦我被抓進魔法師聯合會，他第二天早上就會來救我。先往聯合會裏扔炸彈，再點一把火，吸引他們注意，然後就炸開窗戶，我昨晚在窗戶玻璃畫了個三角，我那兄弟就把那窗戶炸開了。」

「啊，原來是這樣，你早就準備好了。」賀瑞斯恍然大悟地說，「你那兄弟就是那個長頭髮男人吧？」

「就是他，哎，他沒有追上來，可能被抓到了。」本傑明說，「我饒不了那些魔法師！」

「你要去救他嗎？」賀瑞斯問。

「我們自己先躲起來吧，魔法師們現在一定很謹慎了，再去救他等於自己送上門呀。」本傑明搖着頭說。

「嗯，是呀。」賀瑞斯點點頭，「還是不要去了，要是被魔法師抓到，又會被關進去，這次一定會被送到亞伯丁關上二十年。」

「嗯。不過接下來該怎麼辦呀？」本傑明裝

作不知所措地説，「要不然我們去搶兩個銀行，拿了錢就跑得遠遠，橡樹鎮我是待不下去了。」

「搶銀行？」賀瑞斯很吃驚，「你膽子可真不小呀，銀行裏的員工全都配備了魔銃，魔法師們也會快速趕到，我們又要被抓進去了。」

「看你那個膽小的樣子。」本傑明有些嘲弄地説，「真是給我們壞蛋丟臉，還長着四隻手，不就是能多拿錢嗎？」

「我……我真不敢搶銀行……」賀瑞斯尷尬地看看自己的手。

「你説説嘛，我們該怎麼辦？你要是沒什麼辦法，我自己去搶銀行了，你別和我在一起了！」本傑明裝作生氣地説，「我以前在這個鎮上就沒住多久，後來被關到亞伯丁，才放回來沒幾天，這裏的路都記不住，魔法師們現在一定也在找我們。」

「小老大，你可別扔下我，萬一魔法師來了，你那麼厲害，還能掩護我。而且就算是扔下

我，也要先等我找到依靠。」賀瑞斯想了想，説道，「其實……我倒是和一個叫赫曼的老大有聯繫，他說他認識無臉魔，就是赫曼指使我襲擊鎮長的。我想先去找到赫曼。」

「赫曼……」本傑明想了想，「和無臉魔有聯繫，無臉魔可是狠角色……那你就聯絡一下呀，我要是沒地方去，也可以投靠赫曼和無臉魔，看他們能不能收留我。」

「一定會的，你這身手，他們現在就需要你這樣的人！」賀瑞斯興奮地説，「而且你是我引見的。」

「那你快聯繫他們呀，他們在橡樹鎮上嗎？」本傑明急切地説。

「誰知道呀？我被抓進魔法師聯合會了，不知道赫曼跑去哪裏了。」賀瑞斯説着笑了笑，「不過，赫曼可是給了我緊急聯絡方法的，不信任的人，他可是不給這個方法的。他有個對外聯絡的正常手機，還有一個秘密手機，搞事情聯

繫，就用那個電話。」

「具體是什麼方法呀？讓我也見識見識。」本傑明問。

「需要一部手機，我的手機在關進聯合會的時候被魔法師拿走了。」賀瑞斯說，「你等一下，我去那邊路上搶一個來。」

「等一下，就只要一部手機嗎？不就是打電話嗎？有什麼神秘的？」本傑明擺擺手說。

「沒那麼簡單的，我去搶一部手機來……」賀瑞斯說着站起來，要去搶手機。

「你等着，我去！」本傑明連忙制止。

「嗯？」賀瑞斯一愣。

「就你這點魔力，搶的時候別讓人家給揍了，再把你抓起來。」本傑明連忙說，「我去吧。」

「那就勞煩你了。」賀瑞斯狡猾地笑了笑，「我原本也沒想去亂搶，我想搶個小學生的，我完全能應付。」

「我去吧，你在這裏等着。」本傑明說着就向樹林外走，「不要亂跑呀。」

「好的。」賀瑞斯說，「你要是被魔法師抓住了，千萬不要說我在這裏呀……」

本傑明快步走出樹林，外面有一條路，直通到鎮中心。本傑明向前走了幾百米，看看身後，確定和賀瑞斯拉開距離，隨後從口袋裏掏出一部手機，撥打了海倫的號碼。

「海倫，是我，你們在哪裏？」

「本傑明，我看到你的定位了，你再向前走兩百米，古代雕像後面。」

本傑明收起電話，向前走去。

第九章 不幸號碼

這一切都是海倫的計劃，由她安排的。她就是要本傑明假扮被抓的人，取得賀瑞斯的信任。剛才的魔法師聯合會被攻擊，牢房窗戶被炸開，當然也是計劃的一部分。海倫知道賀瑞斯不可能真正的改過，他逃走後，還是會和赫曼聯繫，這樣本傑明也就知道赫曼的位置了。而最重要的是，赫曼一定會和無臉魔哈丁在一起；找到赫曼，也就等於找到哈丁了。

本傑明看見了前面的古代雕像，他轉彎向雕像後面走去。海倫他們已根據本傑明的手機對他進行了定位跟蹤，本傑明如果找到赫曼和哈丁，只要暗中通報過來，海倫他們就能實施抓捕。

「嗨，本傑明，我們在這裏。」湯姆斯在雕像後的一棵樹下向本傑明招手，本傑明和賀瑞斯跑走十分鐘，他就和海倫、餓了跟了出來。

本傑明看到了湯姆斯，連忙走過去。大樹後，海倫和餓了走了出來，餓了經過一晚上的休息，身體基本恢復了。

「賀瑞斯確實和赫曼有聯繫，現在他要聯繫赫曼了，他需要一部手機。」本傑明急促地說，「他要去搶，被我攔住了，我說我出來搶。」

「好，那就給他一部，用我的吧，不過用完怎麼還給我呢？」海倫想了想，說道。

「不用那麼複雜，就用我的。」本傑明說，「反正賀瑞斯也沒見過我的手機，也不知道我有手機，我就說是我搶來的。」

「好的。」海倫點點頭，「我們會一直跟着你，不過保持一定距離，不能讓賀瑞斯發現。賀瑞斯要是聯絡上赫曼，你要把資訊及時傳遞出來，我們繼續跟蹤。」

「好的。」本傑明點點頭，他看到了餓了，「喂，小刺蝟，你都好了？」

「什麼小不小的？叫我刺蝟也行，最好叫

『餓了』。」餓了不滿意地說，「看在昨天你救了我，我也不和你計較了。」

「本傑明，千萬小心呀，賀瑞斯其實不傻的，可別被他看出你的真實身分。」湯姆斯在一邊提醒地說。

「哎，我說，用不着你提醒我，我當然知道。」這下，輪到本傑明不滿意了。

湯姆斯沒說話，只是聳聳肩。

「不和你們說了，我的手機『搶』到了。」本傑明說着轉身，「等着我的消息吧。」

本傑明離開了古代雕像那裏，原路返回。他走回到樹林裏，發現賀瑞斯不見了，心裏一驚。

「賀瑞斯——」本傑明喊道。

不遠處的一棵大樹後，有個人影一閃，正是賀瑞斯，他笑着走了過來。

「我藏了一下，我怕魔法師來這裏抓我，擔心你不小心把魔法師引來呢。」賀瑞斯走了過來，「怎麼樣，手機搶來了？真快呀。」

「搶來了。有個路過的，我上去就搶，他打不過我。」本傑明把自己的手機拿出來，遞給賀瑞斯，「熒幕解鎖了，隨便用。」

「哈哈哈，太好了。」賀瑞斯接過手機，劃了劃，「感謝人類的發明，現在我們也能利用這個發明……」

「快聯繫呀，不就是打電話嗎？」本傑明催促道，「直接打給那個什麼赫曼就可以了，我也行，不過還是你來打，我不認識赫曼。」

「赫曼的號碼可以告訴你，是212777799，為了防止誤打電話，他看到別人的來電號碼是不會隨便接聽的。我打了電話後，這個電話熒幕會跳出一個數字框，我要輸入一組赫曼能識別的密碼，這樣他才會接通。」賀瑞斯劃着手機說，「這個手機沒用過，介面不熟悉呀……」

「這是打電話呀。」本傑明指着一個手機上的圖示説。

「嗯。」賀瑞斯點點頭，「數字框裏，要輸

入我的不幸號碼……」

「不幸號碼？」本傑明愣住了。

「是呀，我在亞伯丁的難忘記憶，真是痛苦……噢，是這個圖示嗎？」賀瑞斯的手點開一個圖示，「號碼是三位數，只能輸入一次，這組數字終身難忘呀，是95……啊，好像點錯了，怎麼是照片……」

賀瑞斯點開了手機上的相簿，上面有一張照片，引起了它的注意，它伸手就把照片打開。本傑明想去制止，但是晚了。

上面這個女人，好眼熟……

我……怎麼解釋也沒用了……

照片上，倫敦魔幻偵探所的南森博士站在中間，左邊是本傑明，右邊是海倫和同事派恩。這是不久前，本傑明和海倫、派恩去看望退休的南森博士時拍的照。

　　「哇，這個是你呀。」賀瑞斯興奮地叫起來，不過臉容隨即陰沉下來，「為什麼搶來的手機裏有你的照片呢？還有，上面這個女人……好像昨天審問過我呀……」

　　「我……我現在怎麼解釋你也不信了，應該是這樣吧？」本傑明無可奈何地說。

　　「那當然，你和這個女人，明顯是一夥的！」賀瑞斯說，「我上當了！」

　　賀瑞斯忽然舉着手機，狠狠地砸向本傑明。本傑明一閃，同時一拳打過去，賀瑞斯被打中，翻滾着倒在一邊。

　　本傑明上前一步，想要壓制住賀瑞斯，賀瑞斯就地一滾，站了起來，本傑明縱身一躍，抓住了賀瑞斯的手腕，賀瑞斯的雙手反轉，反過來抓

住了本傑明的手腕。本傑明往回抽手，但是賀瑞斯有四隻手，牢牢地抓着本傑明，本傑明怎麼也抽不出來。

本傑明用力往後一跳，想用身體的力量脫離開賀瑞斯的手，但是賀瑞斯跟着本傑明一跳，本傑明還是擺脫不了。

「脹——脹——」本傑明開始唸魔法口訣，他的手臂開始猛烈膨脹，脹大得比碗口還要粗。

賀瑞斯沒預料到本傑明的這個招數，它的手頓時被撐開，無論如何也抓不住那麼粗的手臂。賀瑞斯很是驚慌，它轉身要跑，本傑明就順勢一拳打了過去，他那和胳膊一起膨脹起來的拳頭比賀瑞斯的頭還要大。

「轟——」的一聲，賀瑞斯的腦袋被本傑明打中，賀瑞斯哼都沒哼一聲，直接倒在了地上，一動不動了。

「真不耐打。」本傑明感慨一聲，看了看地上的賀瑞斯。他的手臂很快就恢復到正常狀態。

本傑明上前一步，踢了踢賀瑞斯，賀瑞斯還是一動不動，完全昏迷過去。看到賀瑞斯這個樣子，本傑明搖搖頭，回身看到剛才賀瑞斯拋出的手機，把它撿起來。

　　「喂，海倫嗎？我想我把事情給搞砸了，你們快過來……」本傑明無奈地撥通了海倫的電話。

　　五分鐘後，海倫他們跑了過來。看到地上躺着的賀瑞斯，海倫很是吃驚。本傑明把剛才的事情，全部告訴了海倫他們。

　　「先救活他呀，問出密碼。」餓了衝到賀瑞斯身邊，猛地推了推賀瑞斯，「你不是說知道三位數字裏的兩位了嗎？」

　　「剛才……」本傑明很是尷尬，「我用力比較大，他這個樣子應該還活着，但是要昏迷很長時間了。我沒辦法呀，他要逃走……」

　　「叫醒了也沒用，要是它亂說一個密碼，電話也打不通。」湯姆斯說，「他不是說了嗎？密

碼只能輸入一次。」

「唉……」本傑明歎了一口氣。

「我說本傑明，我一看到你，就覺得你粗心大意、沒耐心、讓人沒有安全感，你怎麼就讓賀瑞斯劃到你的手機相簿了呢……」湯姆斯抱怨起來，「這麼重要的任務，真不該交給你！」

「啊，這孩子，你也是劍橋畢業的吧？這樣說我，我看你和海倫是校友。」本傑明當即不高興地喊了起來。

「什麼孩子？我比你大。」湯姆斯說，「我就是不小心把自己變小了……」

「那你也一樣粗心大意呀，你還說我？」

「都一樣粗心大意。」餓了說道，「你倆是兄弟，誰也別說誰，最有理智的還是我……」

「別吵了！」海倫一直都沒怎麼說話，現在先是制止本傑明他們的爭執，她走到本傑明身邊，「本傑明，你把剛才賀瑞斯的話，都回憶一下。我來分析，我感覺好像有機會……」

「是嗎？」本傑明一愣，隨後很是興奮，「我都記得，我是魔法偵探呀。」

「赫曼的電話號碼是什麼？」海倫問道。

「212777799。」

「賀瑞斯說他把不幸號碼當做了密碼，因為這個號碼終生難忘，是他在亞伯丁的痛苦回憶。」海倫想了想，「他是這麼說的吧？」

「號碼就說了兩位，9、5，一共有三個位。」本傑明說，「他說這是他在亞伯丁的痛苦回憶。」

「他在亞伯丁能有什麼痛苦回憶呢？應該就是他被關在監獄裏。」海倫說，「我覺得，這個號碼似乎是他在監獄的囚號，也就是犯人號碼。我記得在亞伯丁監獄提審過一個和魔怪案件有關的犯人，號碼就是三位數，印在囚衣上的。」

「啊，海倫，真不愧是南森博士除我之外最器重的學生！」本傑明激動起來，「那只要向監獄那裏核實一下就行了，前面兩位我們知道，就

差一位。」

　　沒等本傑明說完，海倫已經拿出了自己的手機，開始撥號，她直接打給了倫敦警察廳，請總部幫助核實。總部方面請海倫稍等，核實後會立即通知她。

　　海倫掛了線，把電話拿在手上。賀瑞斯此時躺下那裏，還是一動不動的，但是有微弱的呼吸。海倫讓本傑明給柯特會長打電話，派車來把賀瑞斯拉走，救治蘇醒後，繼續關押。

　　五分鐘後，柯特和多米尼趕來，把賀瑞斯抬上車，拉回魔法師聯合會。大概又過了五分鐘，海倫的電話響了，大家立即都緊張起來。

　　「喂，我是海倫。」海倫小心翼翼地接通了電話，「嗯，謝謝，你說……」

　　大家都盯着海倫，本傑明緊緊地握着拳頭，湯姆斯感到自己的汗要流出來了。

　　「953……好的，非常感謝。」海倫說着放下電話，看着大家，「是953！前面兩位一樣！」

「就是這個號碼，不可能是巧合！」本傑明激動地說，「海倫，博士教的偵查學、推理學，你都學到了！」

「可我是劍橋的呀……」海倫故意地說。

「不管了。」本傑明掏出自己的手機，「那麼海倫，現在就打給赫曼？我的聲音可能和賀瑞斯不太一樣。」

「沒關係，根據賀瑞斯的口供，它和赫曼認識時間也不長，這傢伙一直在亞伯丁服刑呢，最近才放回來。」

「好的。」本傑明用力點點點頭。

本傑明開始撥號，大家都圍了過去。本傑明撥通赫曼的手機，手機只響了一下，隨即，一個三位數的數字密碼框出現在本傑明的手機熒幕上。

本傑明的手有點抖，他輸入了9和5，隨後，看看海倫。海倫點點頭。本傑明輸入了3，撥號聲隨即傳來。

　　赫曼的手機一直在響，但是無人接聽。本傑明急得要跳起來，還是沒人接聽，他有些絕望了。身邊的湯姆斯也一樣。

　　「喂，我是赫曼，你是誰？」電話突然接通了，赫曼的聲音傳來過來。

　　「啊，赫曼老大，是我，我是賀瑞斯。」本傑明盡力模仿着賀瑞斯的聲音，「我還以為你也完蛋了呢⋯⋯」

　　「賀瑞斯，我還好，不過我聽說你前幾天被抓了⋯⋯」

　　「是，是被魔法師抓住了，送去魔法師聯合會關押的時候，半路上我趁機跑了。」本傑明說，「躲了好幾天，實在沒地方去了，我就聯繫你，現在鎮上比較安靜，同夥都不知到哪去了，下一步我們該怎麼辦呀？我要馬上見到你。」

　　「下一步要繼續攻擊魔法師聯合會。」赫

曼說道，「你要見我嗎？那你就來吧，我們現在也缺人手，人要是湊齊，我們一起殺回鎮上，殺光所有魔法師⋯⋯」

「這麼說你不在鎮上？」

「你找條船，到菲力林地來，就在鎮上向西這個方向，上岸就是，來了你再給我打電話。」赫曼說，「你快點，無臉魔哈丁大師也在，我們一起計劃怎麼殺回到鎮上。」

「啊，還有無臉魔大師的幫助，太好了！」本傑明假意激動，「我馬上就來。」

本傑明收起電話，海倫他們剛才已經聽清了他們的對話。

「這些傢伙全都躲在菲力林地，果然是沒有跑遠，還想着殺回來呢。」海倫說。

「哈丁也在，赫曼也在，抓住他們兩個，橡樹鎮這裏的危機就算是解除了，尤其是哈丁。」湯姆斯說。

「我看這就行動吧。」餓了建議說，「再去

126

開一條小黃鴨遊船來，現在就去抓他們。」

「那是一夥魔怪和巫師。」海倫想了想，「我們這邊也要全體出動，我給柯特會長打電話，他們也要來增援。」

半小時後，海倫他們和柯特會長等橡樹鎮魔法師聯合會的成員，全部在小鎮西面的岸邊公園集合。聯合會那裏，兩名退休的魔法師繼續看押被抓魔怪，多米尼和萊斯利跟隨柯特前來。這樣，加上海倫他們，一共有七名魔法師和魔法警察能夠參與抓捕。

又過了十分鐘，兩條小黃鴨遊船，一起開出岸邊公園，向小鎮西面的對岸駛去。第一條小黃鴨遊船，開船的就是本傑明，海倫特別向大家說明，快到對岸的時候，本傑明變身為賀瑞斯，其餘所有人都要隱身，否則如赫曼在岸邊，被他識破了，那就前功盡棄了。

關鍵人物

萊斯利

他是橡樹鎮魔法師聯合會少數的年輕魔法師，平時都是聽從柯特的差遣，看守大樓頂層、巡邏等。什麼時候才可以發揮到真正實力呢？

哈丁

小無臉魔之一，被大無臉魔雷頓派遣到亞伯丁的橡樹鎮引起混亂。它的組織能力比其他無臉魔更高，拉攏了很多本已改過自新的巫師和魔怪，再次共同犯事。

熊頭怪

它也是本來被關押在橡樹鎮、因為假裝改過自新而被釋放的魔怪。可惜它最後還是露出真面目而背叛魔法師聯合會。它本身是熊頭人身，但原來有一個更兇猛的形態。

第十章 林地之戰

此時起了風，湖面上也開始有了波濤。兩條船搖晃着，堅定地駛向對面的菲力林地。遠處，他們可以比較清晰地看到對面的樹林了，海倫下令，所有人隱身。

本傑明唸了句口訣，根據他對賀瑞斯的印象，變成了賀瑞斯的樣子。他看看身後的位置，已經沒有人，因為海倫已經隱身了，湯姆斯的隱身術不好，海倫唸口訣將他隱身。

後面的那條船，也看不見柯特他們，他們也隱身了，一條無人駕駛的船，在湖面上開動着，本傑明自己都感覺有些詭異。

距離岸邊不到一百米，本傑明的手機響了，他拿起手機，看到來電號碼正是赫曼的號碼。赫曼打給他，不需要密碼。

「賀瑞斯，為什麼你後面還有一條船？」

本傑明接通電話，赫曼的聲音傳來，「我都看到了。」

「赫曼老大，這是我特意找來的，我們湊夠人手殺回小鎮，需要有船呀，我還嫌少帶兩條船呢。」本傑明機智地回答。

「嗯，不錯。」赫曼說道，「可是看着是無人駕駛呀，你也沒用繩子拉着船。」

「不用繩子，我用魔法控制，我魔力有限，但多少會點。」本傑明看着前面的樹林，但是沒有看到赫曼。

「快來吧，上了岸就進樹林。」赫曼這下算是放下了戒備。

本傑明答應一聲，收起電話。前面就是岸邊，本傑明把船停下，後面的那條船也靠了過來。

「我上岸，你們隱身跟着。」本傑明小聲地對海倫說。

「明白。」海倫說道。

本傑明跳到岸上，樹林的最外端距離岸邊不到二十米，本傑明走進了樹林。走到十米，當本傑明不知道是否繼續走的時候，赫曼從一棵樹後閃身而出。

「賀瑞斯，來！」赫曼喊道，隨即轉身向裏面走去。

本傑明連忙跟上，前面的赫曼又走了五十米才站住，本傑明走過去，看到樹林裏有一塊空地，空地有塊石頭，無臉魔哈丁坐在石頭上，查克和熊頭怪站在哈丁身邊。幾米外，幾個魔怪和巫師無精打采地坐在地上。

「哈丁大師，這是賀瑞斯，他差點就殺了鎮長。」赫曼介紹說，「橡樹鎮的勇士，對您也很是敬仰。」

「嗯。」哈丁看看本傑明，「有前途，跟着我好好幹……不過，我覺得你哪裏不對呀。」

「是不是我的臉不對？」本傑明說着，抹了一下臉，他立即恢復成了自己的樣子。

「啊——」哈丁看到本傑明的臉，驚恐地大叫一聲。

「快跑呀——」查克轉身就跑。

地上或坐或躺的幾個魔怪和巫師，連滾帶爬地站起來。這時，他們的周圍——海倫和柯特等人全部顯身。哈丁知道中計，對着本傑明就是一拳，本傑明用手一擋，撥開了它的拳頭，隨後出手，一拳打中了哈丁，它當即被打到在地。

按照計劃，海倫上前增援本傑明，他倆的目標就是哈丁；而湯姆斯和柯特，直接撲向赫曼，他倆的目標是一定抓住赫曼；多米尼衝向查克，他是認識查克的；萊斯利和餓了就自由發揮，一起追捕那些逃跑的魔怪和巫師。

林地這裏，已經打成一片。哈丁從地上翻滾起來後，從袖口裏忽然就拿出一枝魔法棒，對着衝上來的海倫一揮。一道手指粗的藍色光柱，直撲海倫。海倫就地一滾，躲開了攻擊。她剛站起來，哈丁的魔法棒又向她揮動起來。

「飛盾護體——」海倫唸了一句魔法口訣。

一面懸浮的盾牌瞬間就出現在海倫面前，一道射過來的光柱正好擊中盾牌，彈了出去。

本傑明躲在海倫身後，哈丁又射過來幾道光柱，全被飛盾攔住。哈丁看到光柱沒有用，雙手一起揮動，右手的魔法棒指向海倫和本傑明。

「烈焰焚身——」隨着哈丁的一句魔法口訣，一大股火焰翻騰着飛出，撲向海倫。

飛來的火焰像一面牆一樣大，海倫身前的飛盾隨即變大，當即攔阻住那股火焰。火焰頂住飛盾，飛盾也用力推頂火焰，最終火焰越來越小。

哈丁愣了一下，它一下變得手足無措了，這時，本傑明從海倫身後衝出，飛起一腳，直接踢向哈丁。哈丁被踢中，倒在了地上。

本傑明上前，想用腳踩住哈丁，哈丁順勢一滾，躲開本傑明，它躺在地上向本傑明射出三道電光，前面兩道被本傑明躲過，第三道擦着他的脖頸過去，本傑明感到脖子火辣辣地疼痛。

「啊——」本傑明大喊一聲，不顧一切地猛衝上去。

哈丁又射過來一道電光，海倫拋過來飛盾，擋住了那道電光，但飛盾也攔在本傑明身前。本傑明一把推開飛盾，衝到了哈丁身前。哈丁剛要爬起來，本傑明上去狠狠踢了一腳，正好踢中哈丁的肋部。哈丁大叫一聲，趴在地上。海倫衝過來，掄起懸浮的飛盾，砸在它身上，哈丁慘叫一聲，爬都爬不起來了。

這邊，赫曼揮着拳頭，對着湯姆斯亂打，湯姆斯躲過他的拳腳，冷笑着，跳到一邊。柯特衝上來，一拳打中赫曼，赫曼叫了一聲，大步後退了十米，他的魔力不高，看到被柯特和湯姆斯圍攻，轉身就跑。

湯姆斯縱身一躍，跳到了赫曼的身前，赫曼又被攔住，他往回一看，柯特衝了過來。他知道自己被包圍了，怪叫着撲向湯姆斯。

湯姆斯看到赫曼衝過來，稍微一閃身，讓過

了赫曼，隨即揮起拳頭。

「這麼不老實，我一下就讓你老實！」湯姆斯說道，「暴風鐵拳——」

湯姆斯的右手臂變粗，並且金屬化，他一拳就打出去，重重地打在赫曼的背上。赫曼被擊中，身體發出「唔」的一聲，他的嘴巴還沒有叫出聲，應該是瞬間就被打暈了，一下就撲倒在地上，身體一動不動。

「他真是不耐打——」湯姆斯看看柯特，「我們的任務完成了！」

「湯姆斯！幫忙呀！」餓了的聲音傳來。

另一邊，餓了和萊斯利圍住了熊頭怪，熊頭怪完全顯形，它就是一隻黑熊。熊頭怪稍微有些魔力，它嘶吼着，掄起兩條粗壯的臂膀，猛擊萊斯利，萊斯利躲閃着，邊打邊退。

熊頭怪勢頭很猛，餓了則很機智，牠繞到熊頭怪身邊，突然飛起來用身上的刺去插它。熊頭怪沒有防備，被餓了狠狠插中，它慘叫一聲，看

見餓了落地，亂中出錯地用腳去踩牠，但是腳底又被刺插到。熊頭怪慘叫，萊斯利看準時機，猛衝上來，用盡全力一拳打過來，熊頭怪當即被打倒。萊斯利上來又是一腳，熊頭怪被踢中，它翻滾到一邊，隨即爬起來，向樹林深處跑去。

湯姆斯聽到了餓了的呼叫，飛身過去攔住了熊頭怪。熊頭怪看到被攔住，剛剛又被萊斯利打得頭暈眼花，根本不敢展開攻擊。它向另外一邊跑去，餓了又彈射過來，用身上的刺狠插它。

　　熊頭怪又被插中，它轉身又換了個方向，不過慌不擇路，一頭撞上一棵大樹，差點暈過去。萊斯利衝上來，一腳把熊頭怪踢倒，隨後上前按住熊頭怪。

　　「好，湯姆斯，這不算幫忙，這是我們自己抓住的。」餓了高興地說。

　　湯姆斯可顧不上和餓了計較，他轉身衝向一邊，那裏，查克被多米尼打得連連後撤。湯姆斯猛地推了一把完全沒想到身後有人的查克，查克撲倒在地，多米尼上前，用腳踩住他。查克掙扎想爬起來，但是抬不起身子，只能束手就擒。

　　「配角都抓住了！」餓了走到多米尼身邊，「啊，主角也要落網了──」

　　餓了看到，海倫和本傑明對哈丁進行前後夾攻，哈丁根本就顧不過來，它防住了海倫的拳腳，身後就被本傑明狠狠踢中；它反身去攻擊本傑明，身後的海倫就一拳打在它的後背上。哈丁此時氣喘吁吁，無路可逃。

湯姆斯衝過去要加入戰鬥，不過海倫已經從後卡住了哈丁的脖子，本傑明正面對着哈丁連續猛擊三拳，哈丁叫了兩聲，第三聲叫不出來，直接癱倒在地上，一動不動，只有微弱的呼吸。

　　柯特那邊，抓到了一個沒有跑遠的巫師。哈丁、赫曼、查克全部落網，倒是跑掉幾個小嘍囉。不過海倫說沒有關係，橡樹鎮亂象的根源——哈丁和赫曼被抓，這是最重要的。

　　哈丁和赫曼一直都昏迷着，大家把被抓住的魔怪和巫師都集中在一起，用捆妖繩捆住。查克和熊頭怪坐在地上，大口地喘着氣。

　　「饒了我吧！我以後會好好地划船。」查克一直哀求着，「我再也不想和哈丁在一起混了！都是赫曼介紹的，沒我的事……」

　　海倫他們根本就不理睬查克。海倫看了看四周，走到柯特身邊。

　　「跑了的那幾個，發通緝令追捕，不過最近他們肯定不敢回橡樹鎮了。」海倫說道，她指着

被抓住的哈丁和赫曼，「這幾個我要審問，最大的那個傢伙——雷頓，現在還不知道藏在哪裏，哈丁有可能知道它的位置。」

「好的。」柯特點點頭，「全都帶到魔法師聯合會去。」

「海倫，我的任務算是完成了。」本傑明走到海倫身邊，看看海倫，又看看湯姆斯，「倫敦魔法師聯合會那邊還有案子，今後這裏就看你們的了。」

「還有我——餓了警長。」餓了聽到本傑明的話，急着說。

「嗯，也包括你。」本傑明低頭看看餓了。

「哎，大碼的湯姆斯要走了。」餓了居然依依不捨地說，儘管牠認識本傑明的時間也不長。

「我以前不是長這樣的。」湯姆斯連忙糾正道。

「我走以後，要靠你們了。」本傑明很不放心地說，他望着海倫，「抓雷頓可是個極其艱巨

的任務，未來你們一定要小心、謹慎。」

「你放心回倫敦吧。」海倫點了點頭，「這邊的事我們來解決。我們魔法警察，就是負責完成這種艱巨任務的。」

本傑明聽到海倫的話，用力點了點頭。

海倫看看那些被抓住的魔怪和巫師，她明白，橡樹鎮的危機算是解除了，但是更大的冒險還在後面。接下來，他們必須抓住雷頓，解除所有異域小鎮的危機。

樹林裏，起了風，樹葉發出「沙沙」的響聲，似乎在催促海倫他們——儘快行動。

〈第4冊完〉

〈第5冊繼續旅程〉

下冊預告

人羣中的隱蔽者

隨着小無臉魔哈丁的落網，它的總頭領——大無臉魔雷頓的神秘身分和藏身之地越來越明確。可是，魔法警察們即使鎖定了雷頓的位置在亞伯丁，但當地範圍之廣、人流之多，要找出雷頓實在有如大海撈針。

就在魔法警察們努力地抽絲剝繭、在亞伯丁的大街小巷以至郊外叢林調查雷頓的下落期間，足以致命的意外竟然接二連三地出現，令湯姆斯和海倫受到重創而無法繼續追查！他們遭遇的意外到底是巧合還是人為？他們究竟有沒有方法可以把雷頓抓住呢？

緝捕大魔王之路，一站比一站兇險！

異域搜查師4

超級外援

作　　者：關景峰

繪　　圖：OCEAN ON

責任編輯：黃楚雨

美術設計：徐嘉裕

出　　版：新雅文化事業有限公司

　　　　　香港英皇道499號北角工業大廈18樓

　　　　　電話：（852）2138 7998

　　　　　傳真：（852）2597 4003

　　　　　網址：http://www.sunya.com.hk

　　　　　電郵：marketing@sunya.com.hk

發　　行：香港聯合書刊物流有限公司

　　　　　香港荃灣德士古道220-248號荃灣工業中心16樓

　　　　　電話：（852）2150 2100

　　　　　傳真：（852）2407 3062

　　　　　電郵：info@suplogistics.com.hk

印　　刷：中華商務彩色印刷有限公司

　　　　　香港新界大埔汀麗路36號

版　　次：二〇二四年一月初版

版權所有‧不准翻印

ISBN：978-962-08-8319-4

© 2024 Sun Ya Publications (HK) Ltd.

18/F, North Point Industrial Building, 499 King's Road, Hong Kong

Published in Hong Kong SAR, China

Printed in China